사이렌의
침묵

사이렌의
침묵

김영룡 지음

'모든 탈신화화는 희생이 아무 쓸모 없고 불필요했다는 경험의 표현'

이담 Books

들어가는 말

사이렌의 침묵

옛 이야기는 10여 년
에 걸친 트로이전쟁이
끝나자 고향 이타카로
돌아가는 오디세우스 일
행의 고난에 찬 항해를
전하고 있다. 다시금 10여 년이 더 걸린 저주에 가득 찬 오
디세우스의 귀향길, 즉 오디세이는 호머의 서사시에서뿐만
아니라 우주미아가 된 가족 이야기에서와 같은 공상과학영
화의 소재에 이르기까지, 시대를 넘어서 여전히 주어진 운
명을 스스로 개척하는 불굴의 인간상을 보여주는 메타포가
되었다. 어찌할 수 없는 자연의 위력 앞에 이리 밀리고 저

리 밀리면서도 고향 이타카의 항구를 찾아나서는 오디세우스가 이러저러한 어려움을 극복하는 과정에서 후세의 사람들은 이성의 힘으로 자연을 길들이는 계몽의 정신을 읽어내고 있는 것도 무리는 아닐 성싶다. 인간들이 머리가 깨어, 점차 자연현상들에 대한 나름의 논리를 전개하고, 더 이상 불가사의한 일들을 이해하는 데 신의 이름을 빌리지 않게 될 무렵, 아름다운 부인 펠레로페가 20년간 온갖 유혹을 물리치고 꿋꿋이 자신을 기다리는 고향으로 향한 정처 없는 노정의 오디세우스에게서 어쩌면 자신의 모습들을 찾고 있었을지 모른다. 한시도 잊지 않은 고향에 대한 향수가 인생의 노정에 지친 이들에게는 어떤 위안이지 않았을까. 마치 오디세우스의 귀향의 노정이 아무리 험난하고 힘들지라도, 충견 아르고스가 20년이 지난 후에도 주인의 귀환을 알아차리고 숨을 거두는 장면의 찡한 감동을 나 역시 갖게 되리라는 희망이 나그네를 길에서 멈추지 않게 하지는 않았을까. '운명적'이라는 수식어를 여기저기에 덧붙이길 잊지 않았을 테고. 그러나 만일 되돌아갈 고향이 우리에겐 원래 존재하지 않았다면? 아니 이런 억측은 우리의 오디세우스에겐 금물인 것 같다. 아름다운 키르케의 유혹도 뿌리치고, 갈 길을 재촉하는 오디세우스를 기다리는 사이렌들의 유혹의 노래 소리도 단호한 오디세우스의 귀향길을 막을 순 없었다. 한 줌의 밀랍으로 귀를 틀어막고 쇠사슬로

돛대에 제 몸을 묶은 채 우리의 오디세우스는 아름다운 사이렌의 유혹을 벗어나고 있다. 사람들이 오디세우스의 기발한 꾀를 이야기하는 대목이다. 아니 오디세우스라고 대변되는 인류가 이성의 힘을 빌려 감히 대항할 수 없었던 자연의 폭거를 보기 좋게 따돌리는 본보기로서 수많은 이들이 인용하는 이야기일 것이다. 그런데 정말 오디세우스는 한 줌의 밀랍과 한 다발의 사슬에 완전히 신뢰하고 자신의 꾀에 천진난만한 기쁨을 느끼며 사이렌들을 향해 배를 저어 갔단 말일까?

이 사건에 대해서 우리는 또 다른 이야기를 들을 수 있다. 사이렌들에게는 오디세우스 일행을 유혹하고 궁극적으로는 난파시킬 그들의 노래보다도 더 끔찍한 무기를 가지고 있었다고 한다. 자신의 꾀로 사이렌의 노랫소리를 피했다고 하는 오디세우스에게는 미안한 이야기이지만, 사이렌들은 그때 노래하지 않았다는 것이다. 더 이상 유혹하고 싶은 마음은 그들에게 남아 있지 않았고, 오디세우스 일행의 배가 그들을 통과해 갈 적에, 다만 오디세우스의 커다란 두 눈에 비치는 것들을 가능한 한 오래 붙잡고 싶었다고들 한다. 오디세우스는 사이렌이 진정 노래를 했었는지 듣지 못해 알 수 없었는데도, 또 다른 이야기에는 오디세우스는 처음부터 사이렌이 노래를 부르지 않을 것을 알았기에 그토록 용감하게 배를 저어 갔다고 한다. 모두들 한편의 연극을 천연덕스럽게 한 셈일까?

　내려오는 이야기 하나를 마저 덧붙인다면, 고향에 되돌아간 오디세우스는 다들 알고 있듯이 사랑하는 아내와 늠름한 아들 텔레마코스와 행복하게 여생을 마친 게 아니란다. 무료함에 좀이 쑤셔 이번에는 머나먼 대서양으로의 여행을 떠나 산채만 한 파도에 휩쓸려 이 세상을 떠난 오디세우스의 근황을 단테는 신곡의 지옥 편에서 전하고 있지 않던가.

목차

I

사이렌의 침묵

루카치의 『소설의 이론』:
선험적 고향상실의 멜랑콜리

'죽은 시인들의 전쟁'이라는 자조적인 표현에서 볼 수 있듯이 제1차 세계대전에 대한 서구 지식인들의 기대와 참여는 광적인 것이었다. 급속한 산업화 과정의 모순들이 잉태한 서구문화의 위기감을 타개하는 데 전쟁만이 해결책이라는 낭만적인 문화 부정론이 팽배해 있었다. 유럽의 전쟁은 사라예보의 총성이 울리기 이전부터 이미 시작되고 있었던 것이다. 하이델베르크의 막스 베버 휘하에 머물면서 교수자격시험 통과만을 고대하고 있던 헝가리 태생의 유태인 청년 루카치*Georg Lukács*(1885~1971)는 시시각각 들려오는 다가올 전쟁에 대한 억측과 친우들의 열광적인 개전(開戰)론을 대하면서 서구의 문화*Kultur*를 대체할 동유럽의 문명*Zivilisation*

에 대한 시론을 집필할 결심을 한다. 그리하여 "별이 빛나는 창공을 보고, 갈 수가 있고 또 가야만 하는 길의 지도를 읽을 수 있던 시대는 얼마나 행복했던가?"라는 경구로 시작되는 『소설의 이론*Die Theorie des Romans*』(1914/5, 1916)은 비록 외연적으로는 서사시의 전통에서 출발한 소설의 성장과 그 완결적 형식으로서의 토스토에프스키 소설론의 서문형식을 취하고 있지만, 실은 시대의 아픔과 위기상황에 대한 처방과 그 극복 가능성을 찾고자 하는 노력의 한 방편이었던 것이다. 소설이란 현실에서 희망을 찾지 못하는, 현대의 멜랑콜리한 문제적 개인, 즉 주인공이 본래의 정신적 고향과 삶의 의미를 찾아 나서는 오디세이를 형상화하고 있다고 한다. 더구나 현대인에게는 현실에서는 되돌아갈 고향이 원천적으로 봉쇄되어 있다는 의미에서 현대인이 직면한 모순을 '선험적 고향 상실성*transzendentale Obdachlosigkeit*'이라는 말로써 설명하고자 한다.

　루카치가 갈망하던 교수자격시험논문의 통과는 전쟁이 끝나고 헝가리의 독립이 이루어지면서 외국인신분이 되어 버린 루카치에게는 요원한 일이 되어 버린다. 스승이자 후원자였던 막스 베버의 완곡한 만류에도 불구하고 루카치가 택한 길은 신생 조국을 위해 자신이 품은 이상을 현실에서 실천하는 일이었다. 이후 연이은 정치적 박해와 수년간의 망명생활 속에서 쓰인 『역사와 계급의식』(1923)은 이제 마르크시스트 이론가로 변모한 루카치를 보여준다. 후대사람들이 어느 날 갑자기 사울이 사도 바울로 변신했다고 빗대는 루카치의 일대 변신을 설명할 수 있는 자료들은 그가 죽고 난 일 년 후 하이델베르크의 어느 은행 금고 안에서 발견되었다. 그토록 갈망하던 학자의 길이 막혀 버린, 선험적인 고향상실성에 사로잡힌 루카치는 자신의 삶을 규정짓던 모든 소중한 기억들을 육필원고와 연애편지들과 함께 은행금고 속에 넣어둔 채 다시는 찾지 않았다.

아마도 자신이 가야 할 길을 비추는 창공의 별을 그 어디선가 이미 찾았기 때문이 아니었을는지.

바르트의 『현대의 신화』:
일상의 신화와 탈신화

비프스테이크와 감자튀김, 아인슈타인의 뇌와 시트로앵자
동차, 플라스틱, 라신*Racine*과 스트립쇼 사이에 어떤 공통점
이 존재하는 것일까? 첫눈에 그저 그렇게 심드렁하게 보이
는 대중매체에 반영된 일상사의 소소함들에 감춰진 그 어
떠한 공통적인 '신화' 체계에 대한 추구가 롤랑 바르트*Roland
Barthes*(1915～1980)의 『신화들*Mythologies*』(1957)에 담긴 메시
지이다.

바르트는 신화라는 개념을 대중문화의 현상들에 대입 시
도한 최초의 작가군에 속한다. 바르트는 신화는 바로 '파
롤'과 다름이 아니며, 신화는 기호학이라는 주장을 펼치고
있다. 이러한 논지는 후에 움베르토 에코 등에게 많은 영향

을 끼친다. 여기에 실린 바르트의 에세이들은 1954년부터 1956년 사이에 쓰인 것으로 당시 프랑스 사회의 시의적 사건들에 대한 고찰을 통해서 대중문화에 대한 기호학적 분석과 이데올로기적 비판을 가하고 있다. 우선 바르트가 출발하는 지점은 현대의 대중매체는 기호화된 메시지를 재생산함으로써 사회 발전의 역사적 토대를 기만하고 있다는 것이다. 가령 지구상의 상이한 민족과 인종들이 지닌 보편성만을 강조하는 파리의 어떤 사진 전시회에 대한 에세이에서 바르트는 상이한 역사 · 사회적 제반 조건에 대한 고려 없이 인류 보편적인 상호 동질성만을 강조하고 신화화하는 것은 식민경험을 지닌 저개발 사회와 불평등 노동 조건이라는 여러 현실 상황들의 역사적 여러 조건들을 무시하고 기만하는 결과를 낳는다고 주장한다. 프랑스국기 앞에 경례를 하는 군복 차림의 프랑스군인의 모습을 실은 어떤 잡지의 표지사진을 통해서는 사회 전반에 그러한 프랑스 식민주의 정신의 잔존과 암묵적 지지에 대한 비판을 가하고 이러한 식민지주의 신화를 특정 목적에 악용하려는 사회적 함의에 대한 분석을 시도하기도 한다.

뿐만 아니라 바르트가 여러 가지 일상사의 경험들 속에서 독자들에게 제시하고자 하는 것은 사안들의 내적 의미망을 고착화시키고 진부한 시각만을 제공하는 '신화'들에 대한 비판일 것이다. 이를 위한 바르트의 기호학적 글쓰기

는 무척 비일상적인 상호 비교를 하고 있는데 가령 자동차
와 고딕 성당의 비교라든지 플라스틱과 연금술과의 비유
등이 바로 그것이다. 다른 한편으로는 일상적인 대중매체가
만들어 내는 과장된 기호들의 난무를 다시금 특유의 과장
되고 유머러스한 필체로 그려 내고 있다. 그러나 바르트의
에세이를 읽는 독자들은 깨닫게 된다. 우리를 둘러싼 이 사
회의 모든 현상이 숨은 의미를 지닌 기호들이며, 우리가 그
기호들의 의미현상을 인지하게 되면 그 기호들을 그처럼
편안하게 소비하고만 있을 수 없다는 것을.

맥루한의 『미디어의 이해』:
미디어는 메시지이다

캐나다 태생의 마샬 맥루한Marshall McLuhan(1911~1980)
은 저서 『미디어의 이해Understanding Media』(1964)에서 커
뮤니케이션 기술의 발전에 따른 인류 문명의 변천사에 대한
규명을 매체사적 관점에서 규명하고자 한다. 『구텐베르크
은하계Th Gutenberg Galaxy』(1962)에서와 같은 모자이크식
글쓰기는 『미디어의 이해』에서도 그 진가를 발휘한다. 전통
적인 학술적 글쓰기를 거부하고 상이한 미디어체계의 분석
에 제각각 부합하는 관찰과 성찰, 우화와 인용, 그리고 때로
는 논리 비약적이기도 한 사변적인 장광설들을 통해서 맥루
한은 전기(電氣)라는 글로벌한 미디어가 인간의 정신적·사
회적 성질뿐 아니라 인지력까지 변화시키고 있다는 점을 보

여준다.

'미디어는 메시지이다'라는 중심 테제는 '생활세계Lebenswelt'
영역으로까지 확장된 형식개념에 대한 모더니즘적 강조와
다름 아니다. 안쪽과 바깥쪽, 위와 아래, 뒤와 앞을 2차원으
로 나타내어 전통적인 원근법적 환각을 버리고 전체를 즉시
적(即時的)으로 지각시키는 큐비니즘적 예술실험이 실은 전
기의 발전과 함께 일어난 인류사적 최대변화의 결과이다.
전기와 전자기술은 선형(線型)의 연속성에 종지부를 찍고
사물을 순간적으로 만들어 내게 되었다. 구술(口述)의 시대
인 중세의 복잡성을 압도하고, 획일성·연속성·선형이라
는 인쇄의 원리가 인간의 감각을 지배하던 서구의 문명은
이제 전자시대를 맞아 다시금 전체성을 파악할 수 있게 된
것이다.

맥루한에게 미디어란 인간감각의 확장이며 동시에 우리
사회의 정신생활 전체를 제약하기도 한다. 캐나다 출신의
정치경제학자 이니스Harold Adams Innis(1894~1952)의 영
향을 많이 받은 맥루한은 인류사를 지배적인 미디어의 유
형에 따라 구두(口頭)커뮤니케이션, 문자의 시대, 인쇄의
시대, 전기매체의 시대의 4단계로 구분하고, 현대의 전기
매체의 시대, 즉 '지구촌'의 시대에 살아가는 인류는 문자
와 활자매체가 억압하였던 다감각적 권능을 다시금 되찾게
되리라고 믿는다.

맥루한은 선형적인 인과관계에 얽매인 책과 영화와 같은 핫hot 미디어에 대비되는 쿨cool한 미디어의 전형으로 당시 이제 막 전성기를 맞이한 텔레비전을 꼽고 있다. 캠브리지 등에서 수학한 영문학도 맥루한은 셰익스피어의 문구에서 텔레비전의 특성을 끄집어내기도 한다.

'조용히! 저 창문에서 스며 나오는 불빛은 무엇인가?

무엇인가 말하고 있으나 아무 말이 없다.'

한편 맥루한이 바라보는 현대사회의 미디어적 특성은 마치 물위에 비친 자기의 모습에 '마비'되어 버린 나르시스의 신화와 같은 것이다. 자기를 비추는 물(거울)이라는 미디어에 의해 성립된 자기 자신의 확장이 자신을 마비시켜 버린다. 감각이 마비된 나르시스는 자기 확장에 자기를 적응시키고 그것에 밀착하여 하나가 될 뿐이다.

니체의 『비극의 탄생』:
음악의 정신과 디오니소스

니체*Friedrich Nietzsche*(1844~1900)의 문제의식은 고대 그리스의 (비극적) '드라마'의 탄생과 그 '사멸'에 대한 것이다. 니체에게서 고대 그리스 드라마의 죽음은 문학과 이론이라는 유럽문화현상의 고유성을 부각시킨 세계사적 전환점이라고 파악된다. 니체가 이 『비극의 탄생*Die Geburt der Tragödie aus dem Geiste der Musik*』(1872)이라는 저작을 통해서 제시한 이론적 틀은 텍스트에 기반 한 이제껏 서구의 독서전통을 뒤흔들어 놓는 것이다.

니체는 『비극의 탄생』에서 예술을 형성하는 2개의 상호 모순적인 기본충동, 즉 아폴론적인 성향과 디오니소스적인 성향의 강조를 통해서 (의고전주의의 소박문학이념에 맞서

고자 하는 의도로) 고전적 형식의 엄격성과 명백함을 지닌 그리스 문화를 이와 상반된 경향들에 대한 '승리'라고 이해하고자 한다. '암울한 심연에서 성장한 아폴론적 문화의 개화(開花)'가 그 조형적 수단과 형상성에 힘입어 '음악의 정신'을 복종시켰다는 것이다. 이러한 그리스 예술의 긴장감 넘치는 기본구조는 우선 호머의 서사시에 각인되어 있고, 가장 첨예한 아폴론적 요소와 디오니소스적 요소의 대립은 그리스 비극에서 잘 드러난다는 것이다. 음악과 이미지, 즉 그리스 비극에서의 합창과 장면의 구조는 전환적, 음악적 격동 속에서 형상성을 담보한다는 것이다. 이러한 논구의 중심에는 고대에는 음악가와 시인이 동일시되었다는 언어관, 즉 선율이 의미 기호의 근원 형상이자 형성근원이라는 사고가 전제로 깔려 있다. 니체에 따르면 비극의 근원은 합창이고, 플롯은 2차적인 것일 뿐이라는 것이다. 이런 식으로 보자면 드라마 역시 일차적으로 서정적인 사건이라는 것이다.

니체가 이런 식의 장르분석을 통해서 말하고자 하는 바는, 그러한 장르의 변천을 유도한 시대적 토대의 변화에 대한 주목이다. 특히 BC 400년경부터 도래한 소크라테스 철학은 무엇보다 니체에게는 '이론적' 인간의 도래를 의미하는 것이었다. 이는 이제까지의 예술의 근본충동이었던 디오니스적인 것에 대한 등돌림을 의미한다는 것이다. 소크라테스와 오이리피데스로 대변되는 이러한 전환은 철학과 서사적 언어인 로고스가 이제껏 '음악'이 차지했던 자리를 빼앗는다. 드라마에는 이제 읽을 수 있는 줄거리(플롯)가, 신화에서는 이야기내용이 중심이 되고, 관람 대신에 판단과 독서, 문체, 비평, 문학이론이 갈라져 나옴으로써, 주체와 그 주체의 미적 경험이 성찰의 대상이 되어 버린다. 니체는 바그너의 오페라에서 경험의 위기를 극복하고 새로운 비극의 재탄생으로까지 나아갈 희망을 보았고, 바그너의 오페라에서 소크라테스주의적 철학에 기반한 현대의 문화에 대항할 수 있는 '신화를 재탄생시킬 수 있는 음악의 능력'을 보았다.

니체의 이러한 논의는 후에 벤야민, 가다머, 드 만 등에게서 재연되고, 프랑스의 상징주의자들에게 많은 영향을 끼친다. '음악적인 것의 운명'에 대한 논구는 게오르그 서클이나 토마스 만 등에 영향을 미치고, 그의 예술가 형이상학은 시인 벤에게서 다시금 반향을 얻는다.

키틀러의 『기재시스템 1800 · 1900』:
담론의 네트워크와 자율성

　현존 독일어권의 가장 유명한 매체이론가 중의 한 사람
인 프리드리히 A. 키틀러*Friedrich A. Kittler*(1943~)는 그의
학문적 근원에서 보자면 독문학 전공의 전통적인 문예학자
라고 여겨질 수 있을 것이다. 그러나 키틀러가 문학을 대하
는 태도는 전통적인 문예학 방법과는 사뭇 달라 보인다. 키
틀러의 견해에 따르자면 우리는 현대의 정보 기술적 규정
성에 대한 염두 없이는 문학과 문학연구를 더 이상 이야기
할 수 없는 상황에 직면해 있다. 키틀러는 문학연구에 있어
서의 텍스트의 의미연관성을 추구하는 해석학적 방법론뿐
만 아니라 문학작품에 반영된 제생산관계의 해명을 시도하
는 문학사회학적 방법론에 대해서도 비판을 가한다. 키틀러

는 '의미'와 '노동'이라는 주요 개념에 근거한 해석학과 문화사회학의 방법론에는 '정보'라는 개념이 배제되어 있다고 주장한다. 키틀러는 '정보' 개념에 기반하여 서구의 문예사를 매체사적 관점에서 새로이 서술하고 있는데, 문자와 인쇄된 책의 기능을 정보의 저장이라는 관점에서 바라보자면 키틀러는 정보의 저장을 가능하게 하고 그 정보의 확산을 도모하는 기술적 기제들을 '기재(記載)시스템Aufschreibesystem'이라고 명명하고 있다.

키틀러는 그의 역작인 『기재시스템 1800 · 1900*Aufschreib-esysteme1800 · 1900*』(1985)에서 기재시스템의 질적 변화에 따라서 역사를 3시대로 구분하고 있다. 키틀러가 '기재시스템 1800'이라고 부르는 시기는 구텐베르크의 금속활자 발명(1440/1454)에서 19세기 말에 이르는 인쇄 서적이 주도적인 매체로 군림하던 시기이다. 괴테를 비롯한 여러 시성들의 권위가 절대적이었던 시기로서 지식을 축적하여 시공간적인 차이를 극복하는 데 활자매체가 가히 독점적인 지위를 차지하였다. 활자매체의 독점적인 지위는 20세기에 접어들면서 사진, 축음기, 영화, 타자기 등의 발명과 연이은 녹음기, 라디오와 텔레비전의 보급에 따라서 활자매체의 독점 시기와는 판이한 '기재시스템 1900'을 도출시키고 있다. 문자뿐 아니라, 이미지와 소리의 저장이 가능해진 기술적 기제의 발전은 소위 '구텐베르크 은하계'의 종말을 야기하게 된 것이다. 기재시스템 1900을 뒤이은 '디지털시대에 기반한 총체적인 매체결합'의 시기는 컴퓨터기술에 기반하고 있다. 키틀러에 따르면 데이터의 변환과 조작이 용이한 이시기에 이르면 기술이 인간에게 접합되기보다는 절대적인 지식이 무한히 반복하는 루프로 전락하고 있다. 키틀러는 말하자면 매 시기 기재시스템을 규정짓는 매체적 기술의 자율성을 염두고 있어서 마셜 맥루한이 인류의 매체사에서 읽어 내고 있는 '인간의 확장으로서의 미디어'라는 견해와는 차이를 보인다.

호르크하이머/아도르노의 『계몽의 변증법』:
탈(脫)신화화된 서사와 오디세이

"부르주아적 상품경제의 확대로 말미암아 신화의 어두운 지평이 산술적 이성의 태양으로 밝게 비치고, 이러한 산술적 이성의 차가운 광선 아래 새로운 야만성(파시즘)의 싹이 움트고 있다." 이는 호르크하이머*Max Horkheimer*(1895~1973)와 아도르노*Theodor W. Adorno*(1903~1969)가 1940년대 망명지 미국에서 집필한 『계몽의 변증법*Dialektik der Aufklärung*』(1944/47)의 문제의식을 축약적으로 담고 있다. 나치의 집권과 연이은 망명, 새로이 뉴욕의 컬럼비아 대학에 둥지를 튼 사회연구소*Institut für Sozialforschung*, 그리고 다시금 미국 서부로 이주해야만 했던 프랑크푸르트학파의 두 거장의 당대의 현실에 대한 역사철학적 분석은 자신들의 눈앞에 펼쳐진 파시즘의 홀로코스트와 미국적 자본주의가 잉태한 현혹적인 '문화산업'의 논리에 대한 비판적 문제의식에 기인한다.

우리 세대에게는 마치 신화처럼 여겨졌던 프랑크푸르트 학파의 학문적 오디세이의 귀결이 되는 이 '철학적 단상'은 호르크하이머가 행한 도구적 이성에 대한 비판과 동일선상에 있는 논의로 이야기될 수 있다. 여기에서는 이성의 지배를 일반화시켜 '계몽'이라고 규정한다. 계몽의 도구를 두 사람은 개념(화)이라고 규정하는데, 말하자면 이미 신화 역시 이러한 개념화의 소산이며 이러한 의미에서 보자면 신화의 세계 역시 계몽의 단계로 파악될 수 있다. 개념화에 성공한 소크라테스 이후의 이론적 인간은 자연을 객관화시키는 주체로 자신들의 위치를 격상시키고, 자연에 대한 지배를 정당화시킨다. 그러나 그 대가로 우리가 치러야 하는 바는 '소외'이며, 이러한 즉물화의 논리는 역으로 인간사의 제 관계에서도 관철되게 된다. 이는 자본주의 사회 내에서 상품의 교환가치의 추상화의 한 표현 양상으로 이해될 수 있는 것이다.

결국 주체가 아무 저항 없이 상품경제의 총체적 지배에 몸을 내맡김으로써 계몽 정신은 '신화'가 되어 버린다는 것이다. "애니미즘이 사물들에 영혼을 불어넣었다면, 산업화는 영혼을 물화시켰다." 이러한 논리에 따르자면 윤리, 문화산업 그리고 학문은 이와 마찬가지로 도구적 이성의 형식주의의 발 아래 놓이게 되고, 인간과 자연에 대한 총체적 지배를 가능하게 하는 현혹적인 연관관계에 봉사할 뿐이다. 『계몽의 변증법』을 집필하던 시기의 호르크하이머와 아도르노는 인류가 처한 야만적 현실에 대한 회한의 감정에 사로잡혀 있었음이 확실하다. 그럼에도 이 저작의 중심을 이루고 있는 오디세우스의 이야기를 다루는 부분에서 그들은 모험을 가능하게 하는 것은 고향에 대한 향수라고, 웃음은 '고향'으로 가는 길을 약속해 준다고 적고 있다. 그러나 '고향'과 '화해' 사이의 은폐된 심연, 즉 '계몽에 대한 (새로운)계몽'의 가능성에 대해서는 우리 시대의 어느 누구도 쉽사리 이야기할 수 없어 보인다. '왜냐하면 서사시는 소설이 됨으로써 비로소 동화로 넘어가는 것이기 때문이다.'

바타이유의 『에로티시즘』:
열정과 에로스의 미학

프로이트는 사랑의 충동인 에로스(사랑의 신)와 죽음의 충동인 타나토스(죽음의 신)는 분리된 둘이 아니고 하나라고 주장한 적이 있다. 이러한 맥락에서 오이디푸스 콤플렉스를 설명하면서 조셉 캠벨은 유아가 어머니에게서 에로스의 충동을 느끼고 아버지에게서 타나토스의 충동을 경험한다고 이야기한다. 에로스적인 충동과 타나토스적 충동, 사랑과 죽음의 감정의 혼재가 서구에서의 사랑의 한 단면을 보여준다는 점에서 보자면 사드*Sade* 역시 예외는 아니었다. 사드는 에로티시즘과 죽음이 서로 무관하지 않다는 점을 다음과 같이 이야기한다. "죽음과 친숙해지기 위해서 죽음을 방탕의 개념에 결부시키는 방법보다 나은 방법은 없다."

이러한 사드의 견해에서 출발한 프랑스의 철학자 죠르쥬 바타이유*Goerges Bataille*(1897~1962)는 『에로티시즘*L'Érotisme*』 (1957)에서 인간의 사랑의 행위와 에로티시즘을 죽음이라는 인간의 실존적 한계와의 관계 속에서 설명하고자 한다.

  바타이유에게 있어서 인간의 실존적 상황은 죽음이라는 단절적인 심연에 의해서 불연속적인 특성을 지닌다. 이러한 인간의 실존적 한계는 보편적 실재와 연결을 가능하게 하는 최초의 연속성에 대해 끊임없이 갈구하게 하며, 존재의 연속성과 죽음과 같이 인간본질을 규정짓는 현혹적인 요소를 에로티시즘에서 동일하게 바라보고 있다. 『에로티시즘』에서 바타이유는 에로티시즘은 단순한 성의 문제를 넘어서는 신성에까지 이르는 삶과 죽음의 문제로 바라보고 있다. 존재의 연속성에 대한 향수는 인간에게는 생식과 죽음에 전제하는 3가지의 에로티시즘, 즉 육체의 에로티시즘, 심정의 에로티시즘, 신성의 에로티시즘을 낳고 있다. 바타이유에게 에로티시즘의 출발점은 인간실존의 비연속성에 근거한 상호 커뮤니케이션의 단절적 상황이며, 에로티시즘의 인류사적 기능은 실존적 한계와 단절을 조장하는 타부와 금기에 대한 뛰어넘기와 위반을 통한 소통적 연속성의 획득에 놓여 있다. 에로티시즘의 영역은 본질적으로 폭력과 위반의 영역이며, 불연속적 존재인 인간이 그 존재를 탈취당할 때 그것이 엄청난 폭력을 야기하는 것은 자명하며 가장 폭력적인 것은 죽음이다. 불연속적인 인간이 불연속적 존재로서 남기를 간절히 바라더라도 죽음은 여지없이 짓밟아 버릴 수 있다.

불연속성의 한계를 넘어서 사랑하는 사람을 소유하게 해 주는 연속성을 얻고자 하는 것은 인류사에 있어서 모든 연인들의 숙제였다. 사랑과 마찬가지로 죽음은 불연속적 존재를 연속적이게 해 준다. 따라서 에로행위와 비견되는 종교적 희생의 과정에서 보이는 제물의 죽음이 야기시키는 신성(神聖)의 본질은 엄숙한 종교적 의식이 집전되는 동안, 불연속적 존재의 죽음을 지켜본 사람들에게 계시되는 존재의 연속성에 대한 갈망이다. 신성의 에로티시즘은 궁극적으로 불연속적인 개체가 개별자로서 머물고자 하는 욕구를 부정하게 해 준다. 바타이유에 따르면 정상적인 일상성을 떠나서 에로티시즘으로 나아가는 길목에서 우리를 유혹하는 것이 있으니, 그것은 바로 죽음이라는 것이다.

엘리아데의 『성(聖)과 속(俗)』:
누미노스와 성현(聖顯)

전후(戰後) 고국 루마니아를 떠나 소르본느에서 강의를 하던 엘리아데*Mircea Eliade*(1907~1986)는 1956년 독일 로볼트 출판사의 엔치클로페디 시리즈를 위해서 『성(聖)과 속(俗)*Das Heilige und das Profane*』의 집필을 시작하여 다음 해 함부르크에서 출간한다. 엘리아데에게 집필을 요청한 사람은 당시 뮌헨 대학에 와 있던 이태리 인문주의의 대가(大家) 에르네스토 그라씨*Ernesto Grassi*(1902~1991)였으며, 전후 유럽사회에 깊은 흔적을 남긴 전쟁의 상처에 신음하며 '신은 죽었다'라는 명구로 대변되는 동시대의 염세주의와 직면한 유럽인들에게 새로운 희망의 메시지를 전달하기 위함이 집필 동기였다고 이제는 시카고 대학에서 강의하던 엘리아데는 1964년의 불어판 서문에서 밝히고 있다. 엘리아데는 성(聖)스러움과 그와 반대되는 세속적인 것을 우리 인류가 역사의 과정 속에서 형성해 낸 2가지 실존적 상황이라는 대전제에서 출발한다. 현대의 탈종교적인 인간들의 세속적 존재양태와 고대사회의 성스러운 존재방식을 이야기하고 있는 것이다. 엘리아데 저작의 이론적 단초로는 거명되는 저명한 마르부르크 대학의 종교학자 루돌프 오토Rudolf Otto(1869~1937)의 '누미노스numinos' 개념이 이야기되는데, 오토는 1917년 저작『성(聖)스러움Das Heilige』을 통해서 '성스러움'의 본질을 인간의 이성으로는 도저히 근접할 수 없는, 자연적 실재와는 완전히 다른 그 어떤 경이로운 힘으로 이해하고 있다.

성스러움에 충만한 고대의 종교적 인간들에게 세계는 질서 지어진 하나의 우주Cosmos로 다가오고, 이러한 우주적 질서의 한 방편이 되는 인간의 삶은 우주적 질서와 함께 조화로울 수밖에 없다. 우주적 질서의 창조를 가능하게 하는 것은 성스러움의 현현(顯現), 즉 성현(聖顯)Hierophany이며, 이는 이질적인 공간과 비차별적인 시간에 '중심'과 '주기적 반복'의 개념으로서 '정향성'을 제공한다. 결국 종교적 인간homo religiosus에게 있어서 생활공간의 형성과 그 신화적 해석, 시간의 주기화, 인간행위의 제의화, 그리고 인간의 역사는 인간실존의 성스러운 요소를 상징적으로 드러내는 것이며, 이러한 성스러움의 상징성은 세속화된 현대의 지식인의 행동양태와 사유 속에서도 드러나고 있다는 점을 엘리아데는 시·공간적으로 상이한 여러 문화권의 사례들을 통해서 입증하려 한다. 이로써 전통적인 가치관의 붕괴로 파괴된 유럽사회의 총체성에 대한 구원의 성스러운 위력('누미노스')을 이야기하고 있을 뿐만 아니라, 지난 수세기 동안 제국주의 인류학자들에 의해 왜곡된 제3세계의 문화적 잠재력에 대한 정당한 평가를 요구하는 계기를 마련해 주었다.

사이드의 『문화와 제국주의』:
오리엔탈리즘과 또 다른 문화

　타자에 대해서 이야기한다는 것은 결국 타자의 모습에서 나 자신의 모습을 읽어 내고자 하는 바람의 표출일 터이다. 나와 다른 너의 모습에 나를 비춰 보려는 노력들은 여러 분야에서 다양하게 시도되고 있다. 우리 눈앞에 펼쳐진 현실 세계는 타자의 문화와 우리의 문화가 얼마나 밀접하게 서로 맞닿아 있는가를 여실히 보여주고 있다. 그럼에도 우리가 바라보는 현실 세계에는 도저히 뛰어넘을 수 없는 간극이 나와 타자 사이에 엄연히 존재한다. 타자의 문화를 받아들이는 과정은 이미 제국주의적 식민정책에서 여실히 드러났듯이 정치·경제적 지배와 예속의 관계에서 구조적으로 각인되어 있는 특수한 상호 작용의 양태를 특성으로 한

다. 사이드*Eduard W. Said*(1935~2003)는 『오리엔탈리즘Orien-
talism』(1978)에서 서구인들이 바라보는 동양의 모습은 부
정확한 정보와 왜곡된 편견을 통해 투사된 허상일 뿐이며,
이러한 의미에서 동양은 단지 서구인들에 의해서 정의된
형태로만 존재해 왔다고 지적한다. 사이드는 학문의 외피를
뒤집어쓴, 동양에 대한 서구인들의 편견을 '오리엔탈리즘'
이라고 부르기를 주저하지 않는다.

　1935년 예루살렘에서 태어나 유년기를 이집트에서 보내
고 다시금 미국에 건너간 뒤 프린스턴과 하버드에서 영문
학을 전공하였던 사이드는 자신의 정체성을 어쩔 수 없는
객관적인 이유로 서구교육을 받은 망명 아랍인으로 규정짓
는다. 사이드는 자신이 둘 중 하나에만 속한다기보다는 다
른 두 세계에 동시에 속한다는 느낌으로 성장했다는 회고
를 하기도 한다. 서구인들과 동양인들의 겹치는 경험과 제
국주의자들과 식민지인들이 투사와 지리와 내러티브의 역
사를 통해 공존해 오고 싸워 온 문화적 지역의 상호 의존
성을 아예 무시하거나 부분적으로만 인정하려는 것은 곧
지난 세기의 세계의 본질을 놓치는 셈이다. 이러한 '제국주
의 문화'로 인해 자신은 고향을 잃어버렸으며, 잃어버린 조
국에 대한 향수와 정체성에 대한 탐색에서 사이드는 『문화
와 제국주의*Culture and Imperialism*』(1993)를 집필한다. 여기
에서 사이드는 조셉 콘래드, 제인 오스틴, 알베르 카뮈 등

의 작품들에 대한 성찰에서 어떻게 주도적인 지배이데올로기가 문화의 다양한 형식과 이미지들 속에 내재되어 있는가를 밝힌다. 이런 점에서 보자면 문화란 순수하고 지고한 것이 아니라, 정치적·사회적 이념들의 혼합체인 것이다. 타자에 대해서 이야기한다는 것은 이제 더 이상 내가 더 우월하다는 사실을 보여주기 위함이 아닐 것이다.

II

엘랑 비탈

호머의 『오디세이』

『오디세이』는 『일리아드』와 더불어 서구문학사에서 가장 오래된 서사시로 여겨진다. 기원전 8세기경에 호머에 의해 쓰였다는 이 두 작품의 배경은 트로이전쟁이다. 그러나 트로이전쟁은 19세기 후반 슐리히만이 트로이 유적 발굴에 성공하기까지는 역사적 사실이라기보다는 단지 신화의 일부분으로 여겨졌었다. 『일리아드』가 트로이성을 공략하는 아가멤논을 위시한 그리스 원정군의 무용담이라면, 『오디세이』는 10년간의 기나긴 전쟁이 끝나고 이제 고향 이타카로 돌아가는 오디세우스 일행의 10년간의 고난에 찬 귀향의 노정을 그리고 있다.

트로이전쟁의 발단은 사과 하나 때문이었다고 한다. 신화에 따르면 제우스의 딸인 바다의 요정 테티스와 펠레우스의 결혼식에 초대를 받지 못한 불화의 여신 에리스가 결혼식 연회에 참석한 제우스의 처 헤라와 미의 여신 아프로디테, 그리고 지혜의 여신 아테네의 앞에 사과 하나를 던진다. 그 사과에는 '가장 아름다운 여인에게'라는 문구가 쓰여 있어 세 여신이 서로 자기 것이라고 다투다가 트로이의 버려진 왕자 파리스가 심판을 내리게 되었다. 각기 자신을 선택해 준다면 그 대가로 헤라는 부귀와 권세를 아테네는 지혜를, 아프로디테는 가장 아름다운 여인을 선물로 주겠다고 약속을 하고 파리스는 아프로디테를 선택하게 된다. 미의 여신인 아프로디테가 당연히 가장 아름다웠다는 이야기도 있고, 아프로디테가 허리에 차고 다니는 '부끄러움의 띠' 때문이라는 속설도 있지만, 아프로디테는 파리스에게 스파르타의 왕비 헬레네의 사랑을 얻게 해 준다. 그러나 헬레네는 이미 메넬라오스의 부인이자 여섯 아이의 어머니였다. 트로이의 왕자임이 입증되어 트로이로 되돌아간 파리스는 헬레네를 트로이로 '납치'한다. 아내를 빼앗긴 메넬라오스는 형 아가멤논과 함께 범그리스 연합군을 조직하여 트로이 원정에 나서 전쟁이 시작되었다. 그리스 원정군을 태우고 떠날 선단이 출항을 하려 하나 바람이 불지 않자 아가멤논은 자신의 처 클리타임네스트라를 속이고 딸인 이피게니를 제물로 바쳐 출정을 하게 되는데, 후에 전쟁이 끝나고 돌아온 아가멤논에게 클리타임네스트라는 딸의 복수를 하여 악처의 표본으로 여겨지고, 또 다른 딸인 일렉트라는 아버지 아가멤논의 복수를 위해 어머니를 죽이는 결과를 낳아 오이디푸스 콤플렉스에 대비되는 일렉트라 콤플렉스의 어원이 되고 있다.

호머는 24부에 이르는 방대한 서사시에서 전쟁이 끝나고 바다의 신 포세이돈에게 미움을 산 오디세우스가 여러 곳을 유랑하며 위험한 모험을 무릅쓰고 귀향에 성공하여 집요한 구혼자들에게 시달리던 정숙한 부인 펠레로페를 위기에서 구하는 과정을 생생하게 서술하고 있다. 『오디세이』에서 보이는 것은 인간의 의지와 지혜, 인내와 정의에 기초한다면 어떠한 난관도 극복할 수 있다는 계몽주의적 인간의 전형이다.

디킨스의 『크리스마스 캐럴』

어린 시절 연말이 되면 여러 방송사에서 경쟁적으로 방영되던 만화영화의 스토리들이 있었다. 구두쇠 스쿠루지 영감의 크리스마스 캐럴과 올리버 트위스트, 대비드 커퍼필드의 모험담도 이시기 매년 단골메뉴였던 것 같다. 크리스마스 시즌이 되면 아마도 가장 많이 떠올리게 되는 이 이야기들의 원작자 찰스 디킨스Charles Dickens(1812~1870)는 사회소설의 창시자로 여겨진다. 디킨스의 소설에는 산업화의 그늘에서 늘 희생되어야만 했던 계층들에 대한 애정 어린 눈길이 어려 있다.

디킨스가 살았던 시기의 영국은 산업혁명의 시발지였기에 산업사회의 모순이 가장 먼저 표출되었다. 노동자는 노예처럼 착취당하고 심지어 열 살도 채 안 된 어린아이들까지 제 몫의 빵을 벌기 위해 일터로 내몰려야 했다. 이러한 갈등이 사회적으로는 폭력과 범죄로 표출되었고, 아녀자들은 자본의 전횡에 더욱 취약하였다. 이들이 바로 디킨스 소설의 주인공들이었다. 그의 소설들에는 처음으로 도시의 빈민들이 주인공으로 등장한다. 타고난 낙천성과 착한 마음으로 현실의 냉혹함을 극복해 나가는 올리버 트위스트와 데이비드 커퍼필드의 이야기는 디킨스 자신의 불우했던 유년시절의 기억에서 유래한 듯하다.

새로이 발흥한 자본주의의 금전관념에 투철하지 못해 커다란 빚을 지고 감옥에 가야 했던 무능한 아버지를 둔 덕에 어려서부터 학교를 포기하고 생활전선에 뛰어들어야 했던 디킨스는 독학으로 작가의 길을 개척한 인간이다. 디킨스는 『올리버 트위스트Oliver Twist』(1838)로 폭발적인 인기를 얻어 이후 빅토리아 시대에 가장 이름 있는 작가가 되었다.

가난한 소년가장에서 당대의 최고 베스트셀러작가로 자수성가하고 후에 웨스트민스터 성당에 묻힌 디킨스의 세계관은 의외로 단순하다. 권선징악과 해피엔딩, 너무나 독자 영합적이라는 비판을 면하기 힘든 지점이다. 그러나 자신의 진정한 연인은 대중이라고 주장할 정도로 디킨스는 대중들과의 만남을 작가적 임무로 생각했었던 것 같다. 실제로 말년의 디킨스는 수많은 낭송회를 통해 독자와 같이 호흡하

고자 하였다. 『크리스마스 캐럴*A Christmas Carol*』(1843)은 디
킨스의 이러한 대중적 사고가 가장 잘 드러나 있으며 자신
의 독자들에게 주는 아름다운 크리스마스 동화이기도 하다.

구두쇠 스쿠루지는 자본주의의 논리에 따라 맹목적으로
금전추구를 하는 인물이다. 가정의 중요성도 인간적인 따스
함도 차가운 자본의 논리 앞에서는 무의미하게 보인다. 스
쿠루지에게는 돈이 바로 도덕이며 삶의 척도이다. 그를 심
술 사나운 이기주의자에서 이웃을 사랑하고 인자한 할아버
지로 탈바꿈하게 만드는 하룻밤 사이의 파노라마적인 과거,
현재, 미래로의 초월적 여행은 인간의 착한 본성과 회개 가
능성에 대한 디킨스의 강한 믿음에 연유한다. 영혼이 말살
된 지극히 이기적인 물질주의의 차가움을 녹이는 인간의
본성에 대한 믿음과 애정 어린 기대, 이것은 글로벌한 자본
의 논리에 지배당한 우리 시대 우리의 사회에도 여전히 유
효하다.

플로베르의 『마담 보바리』

『마담 보바리Madame Bovary』가 출간된 1857년은 프랑스 문학사에서 현대 Modern가 시작된 시기이다.

플로베르Gustave Flaubert(1821~1880)의 소설 『마담 보바리』는 사랑의 현대적 의미를 묻고 있지만 궁극적으로 결혼에 대한 소설이기도 하다. 또한 일상의 지루함에 대한 소설이라는 점에서 현대적이다. 평범한 일상과 결혼생활의 고루함에 대한 접근을 주인공의 환상과 격정으로 오버랩시키고 있다. 중세적 전통에서 시작한 시민적 결혼의 이상이 결코 소시민적 이상을 충족시킬 수 없다는 문제의식에서 이 소설은 출발한다.

이 소설의 주인공 에마 보바리 부인은 무미건조한 시골의사 샤를르 보바리와 순탄한 결혼생활을 영위하고자 한다.

그러나 그녀가 결혼 후 며칠 만에 자각하게 되는 것은 결혼의 현실은 결코 자신이 꿈꿔 왔던 것과 너무나 다른 양상을 띠고 있다는 냉엄한 현실이었다. 소시민적 일상에의 함몰이라는 등식을 낳고 마는 그녀의 결혼생활의 실상은 그녀가 수도원 시절부터 그려 온 이상적인 결혼상과는 너무나도 동떨어져 보인다. 보바리 부인은 자신이 처한 결혼생활이란 게 도무지 정원의 파티와 정겹고 교양 있는 남편과의 근사한 삶이 아니라 별 볼일 없는 소도시의 평범한 시골 의사 부인의 처지에 지나지 않는 사실을 깨닫고는 그러한 삶 자체를 지겨워하기 시작한다. 딸의 출산에도 일상의 우울과 지겨움을 벗어나지 못하던 보바리 부인에게 젊은 레옹의 존재는 삶의 의미를 다시 생각하게 하는 계기가 되었다. 연이은 블랑제와의 애정행각에서 상처를 입은 보바리 부인은 파리로 떠났던 레옹을 오페라구경을 갔다가 다시 재회하게 된다. 레옹과의 계속적인 만남은 보바리 부인을 파멸의 길로 이끈다. 그녀의 일탈은 더 이상 사회적으로 용인될 수 없었고, 그녀의 순수한 갈망은 그녀가 탐독하던 낭만적인 삼류소설 속에서만 읽힐 수 있었다. 자유분방한 애정행각이 수반한 과소비로 인해 경제적 파탄에 이른 에마 보바리가 택한 해결책은 음독자살이었다. '소설'과 같은 낭만적인 삶을 동경하고, 일상의 단조로움을 떨쳐 버리는 사랑을 항시 찾아 헤매던 에마는 죽음으로써 자신의 삶을 교정하고 있는 셈이다.

　마담 보바리가 출간될 무렵에는 중세적인 계약 결혼의 풍속이 사라지고 남녀의 사랑에 기반한 결혼 풍속이 이미 자리잡은 시기이다. 그러나 이 시기는 일상이 낭만과 명확하게 구분되는 시기였다. 낭만적인 결혼관을 키워 온 에마 보바리에게 샤를과의 결혼생활은 현실이었고, 그 현실에서 도피하고자 하였던 에마가 저지른 불륜은 이제 막 자리를 잡아 가고 있던 도덕적인 시민사회에서 그녀가 서 있을 자리를 빼앗아갔다. 자신을 파멸로 이끌어 가는 마담 보바리의 자유로운 삶이 보여주는 것은 결국 현실의 냉엄함에 너무 무능한 현대인의 자기연민의 다른 모습일 것이다.

『탈무드』

어느 옛날 홀로 아들을 키운 어느 아버지가 아들을 외국에 보내 견문을 쌓게 하였다. 그런데 아버지가 중병에 걸리고 말았다. 아버지는 아무래도 아들을 살아서는 더 이상 만나지 못할 것 같아 유서를 썼다. 전 재산을 하인에게 물려주되, 원하는 것 한 가지만을 아들에게 주도록 하라는 것이었다. 아버지가 돌아가시고 하인에게서 아버지의 부음과 유서 내용을 전해들은 아들은 당혹스러움에 스승을 찾아갔다. 재산을 한 푼도 남겨주지 않은 아버지의 서운함을 토로하는 아들에게 스승은 아버지의 유언에 담긴 현명함을 설명해 주었다. 임종 무렵 아들이 집에 없으니 하인이 재산을 가로채고 심지어 부음을 아들에게 전하지 않을지도 모른다는 생각에 모든 재산을 하인에게 준다고 한 것인데, 하인의 재산은 주인에게 속한다는 그 당시의 법에 따르면 아들이 한 가지 소원으로 하인을 택하면 결국 아들이 재산을 고스란히 물려받을 수 있었던 것이다.

히브리어로 학문 내지는 교의라는 뜻을 지닌 『탈무드』에는 마치 아버지의 유언에서와 같이 수천 년에 걸친 유대인의 삶의 지혜와 경험이 감추어져 있다.

구전으로 내려오던 고대 유대교의 전통들이 『탈무드』라는 책의 형태로 구성된 것은 5세기경이라고 전해진다. 모세의 율서가 주 내용이던 「토라」를 확대 해석하는 과정에서 전래의 법률집인 「미쉬나」와 그 해설집인 「게마라」를 집대성하게 되었는데, 고대 히브리어뿐 아니라 부분적으로 여러 언어로 집필되었다. 고대의 『탈무드』는 소재상 6개의 주제군(세다림)으로 나뉘어 있고, 후대의 사람들은 탈무드의 서술방식에 따라 규범적인 「할라차」와 규범을 설명하는 이야기가 주류인 「하가다」로 장르를 나눈다. 이야기를 한다는 것은 이미 나름대로 재해석하고 의미 부여를 한다는 것이며, 이야기를 듣는다는 것은 그 이야기가 전하는 바를 믿는다는 것을 전제로 할 것이다. 그리고 한 민족의 옛이야기는 모든 구성원들이 공유하는 집단적 경험이다. 수천 년간 전 세계를 떠돈 유태인들이 지리적·언어적·시간적 격차에도 불구하고 민족적 정체성을 유지할 수 있었던 것은 이들이 탈무드의 이야기를 계속하고 있었기 때문이다. 한 민족이 공유하는 이야기는 그 민족의 역사적 경험의 원천이자 보고이다. 그러나 현대사회는 더 이상 이야기꾼을 필요로 하지 않아 보인다. 화롯불 앞에서 이야기를 들려주던 할머니의 역할을 이젠 텔레비전과 전자오락이 대신하고 있다. 경험과 지혜 대신에 오락만이, 마치 아버지의 유언에 담긴 숨겨진 의미 대신에 이미지의 폭탄만이 난무한다.

『탈무드』의 새로운 인쇄본들은 여전히 앞뒤 페이지를 여백으로 남겨 언제라도 덧붙여 주석을 남길 수 있는 가능성을 열어 놓고 있다. 인터넷 시대의 하이퍼텍스트가 지니는 독자의 능동적인 참여가 이미 『탈무드』의 형식에는 수천 년 앞서 구현되고 있었던 것이다.

세르반테스의 『돈키호테』

"세계문학상에 나타난 최초의 위대한 소설은, 바야흐로 기독교적 신이 세계를 떠나려고 했던 시대의 문턱에서 태어난 것이다."라고 루카치는 『돈키호테』를 평가한 바 있다. 이태리로의 도주, 연이은 참전과 부상, 귀향길의 납치와 5년여 걸친 노예생활, 수차례의 탈출시도, 끝내 선교사의 도움으로 자유의 몸이 되어 돌아온 고국 땅에서 겪어야 했던 빈곤과 옥고, 세르반테스Miguel de Cervantes(1547~1616)의 일생은 돈키호테의 모험들처럼 파란만장한 것이었다. 오랜 유랑 끝에 불구의 몸이 되어 돌아온 누구 하나 반기는 얼굴 없는 고국 땅에서 세르반테스는 생계를 위해 글쓰기를 택한다.

1605년 출간된 이후 전 세계 68개 언어로 번역되고 성경 다음으로 가장 영향력이 많은 소설인 『돈키호테』는 실상 중세의 기사소설에 대한 패러디로 쓰였다. 중세의 기사소설을 너무 많이 읽은 라 만차의 시골 귀족 알론소 끼하노가 마치 중세의 편력기사들처럼 국가에 봉사하고 자신의 명예를 드높일 요량으로 길을 떠나면서 『돈키호테』의 '모험'은 시작된다. 헛간에서 낡은 갑옷과 투구를 꺼내 입고, '애마' 로시난떼를 몰고, 충복 산초 판자와 함께 '역정과 고난'의 길을 헤치고, 아름다운 여인 '둘씨네아'에게 사랑을 증명하려는 돈키호테의 출정은 모든 이들의 웃음을 살 뿐이다. 돈키호테가 추구하는 중세적 가치와 이상은 현실과는 동떨어진 것이었다. 『돈키호테』에는 고위귀족, 하급귀족, 상인, 성직자, 농부, 병사, 대학생, 방랑자, 범죄자, 시녀, 농부의 아녀자, 창녀 등 그 당시 스페인 사회의 모든 유형의 사람들이 등장한다. 세계의 지배자의 자리를 영국에 물려준 몰락한 에스파냐 제국에 대한 총체적인 서술인 것이다. 그러나 돈키호테의 시대착오성이 야기하는 희극성의 저변에는 소설이라는 역사 철학적 장르의 완성이 놓여 있다. 『돈키호테』를 읽는 독자는 이것이 허구적인 이야기(fiction)에 불과하다는 데 더 이상 의문하지 않게 된 것이다.

서구의 문학사는 중세적인 기독교적 세계관의 몰락과 함께 마지막 남은 서사적 총체성이 깨어지면서 소설이라는 새로운 시민적 서사시가 탄생되었다고 바라본다. 이런 관점에서 돈키호테의 모험은 '내면성이 외부적 삶이 지닌 산문적 통속성에 대항하여 벌인 최초의 위대한 투쟁'이라는 의미를 지닌다. '영혼'이 외부세계보다 좁은 경우 소설의 문제적 개인은 모험을 떠나야 한다는 루카치적 명제가 아니더라도, 돈키호테의 엉뚱하면서도 어설픈 모험들이 보여주는 것은 위대한 동화일 뿐이다. 풍차를 향해 돌진하는 돈키호테의 무모함과 이야기의 곳곳에 스며든 그로테스크함을 통해서 세르반테스가 보여주는 것은 현대의 영혼은 고독하다는 사실이다. 돈키호테의 무모함의 본질은 현실사회와 유리된 주관적인 영웅주의가 '삶'이라는 복합체에 뿌리내리지 못하면서 겪게 되는 멜랑콜리의 외연적 표출인 것이다.

단테의 『신곡』

단테*Dante Alighieri*(1265~1321)의 『신곡*La Divina Commedia*』
에는 고향에서 영원히 추방당한 자의 슬픔이 어려 있다. 이
태리의 국민시인이자 서유럽문학의 거장으로 추앙받는 단테
의 문학적 삶이 그리 평탄해 보이지 않는 대목이다. 일찍이
교황파와 황제파 간의 정쟁에 휘말려 지지 세력의 몰락으
로 말미암아 시인은 고향 피렌체를 등진 채 다시는 못 돌
아올 정처 없는 망명을 떠나야 했다. 각기 33편의 노래로
이루어진 지옥, 연옥, 천국 편에 도입부 1편이 합하여져 총
100편의 노래로 이루어진 『신곡』은 인간사와 그 운명을 스
콜라 철학적 시각으로 다루고 있다. 이 시에 나타난 시인의
박학다식함, 당대 사회문제의 예리하고 포괄적인 분석, 언
어와 시상의 창의성 등은 놀라울 정도이다. 라틴어가 아닌 이

탈리아어 방언을 시어로 선택함으로써 이태리 국민문학 형성에 결정적인 영향을 미치기도 했다. 또한 다양한 등장인물들에 대한 묘사와 평가, 그 당시 정치적 상황에 대한 우의적 표현 등을 통해『신곡』은 중세 알레고리 문학의 최고봉으로 인식된다.

시인이 지옥, 연옥, 천국을 35세가 되던 1300년 부활절 기간 동안에 여행한다는 줄거리로 엮어진『신곡』의 도입부에는 지옥과 연옥을 인도하는 고대 그리스의 위대한 시인 베르길리우스와 단테의 첫 만남이 노래되고 있다. 왜 하필 베르길리우스인가? 베르길리우스는 트로이에서 쫓겨난, 안키세스의 정의감 강한 아들 아에네이아스를 노래한 시인이고, 단테 문학의 스승이었기 때문이다. 이성적 존재인 인간의 모범으로 등장한 베르길리우스는 지옥과 연옥의 여행을 마치고는 천국문 앞에서 단테의 어린 시절 첫사랑인 베아트리체에게 단테를 인계한다. 어린 나이에 병사한 베아트리체를 그리는『신생Vita Nouva』을 집필한 바 있는 단테에게 베아트리체의 존재는 신의 계시를 의미하는 것이었다. 베아트리체의 인도를 통해 단테는 천국의 각 단계를 두루 돌아보고 진정한 사랑의 의미를 인식하고 신의 실재를 인지하기에 이른다. 지옥, 연옥, 천국을 순례하는 과정에서 단테는 수많은 신화적·역사적 인물들을 만나게 되는데 각기 자신들의 이승에서의 운명을 이야기함으로써 자칫 종교적 저작으로만 머물『신곡』에 인간적인 내음을 불어넣어 주고 있다.

한편『신곡』은 순수한 서사시에서 소설로 나아가는 역사 철학적 이행과정을 보여주고 있다. 단테에게는 서사시가 지니는 완결성이 여전히 존재하지만, 단테적 세계의 총체성은 명백하게 드러나는 개념체계의 총체성이며 전 우주를 피라미드처럼 위계질서가 뚜렷한 체계로 파악하는 중세적 세계관의 반영이다. 지옥 편에는 귀향한 오디세우스가 무료함에 좀이 쑤셔 이번에는 머나먼 대서양으로의 여행을 떠나 산채만 한 파도에 휩쓸려 단번에 지옥에 떨어졌다고 이야기가 실려 있다. 오디세우스의 역경에 찬 귀환의 과정이 전통적인 서사문학을 대표한다면 단테의 문학은 고향에 되돌아갈 수 없는 한 개인의 내적인 여행기인 셈이다.

괴테의 『파우스트 1부』

"도망쳐라! 자, 넓은 세계로!" 이는 모든 학문을 섭렵하고도 진리의 길은 요원하다는 허탈감에 빠진 노학자 파우스트가 이성에 대한 강한 회의감을 표출하는 외침이다.

강한 지식욕에 이끌려 악마에 영혼을 팔아서라도 진리를 추구하고자 한 파우스트가 현학적인 세계를 벗어나고자 하는 자기의지의 발로인 것이다. 괴테*Johann Wolfgang von Goethe* (1749~1832)는 평생에 걸쳐 『파우스트Faust』를 집필한다. 어린 시절 인형극을 통해서 알게 된 악마에게 영혼을 팔아버린 파우스트 박사의 이야기를 처음 다루기 시작한 때가 괴테 나이 25세 되던 해였다면, 파우스트 2부는 그의 나이 82세에 완성되었다. 괴테가 평생에 걸쳐 쏟아부은 문학적 열정의 산물인 『파우스트』는 독일적 교양의 척도가 되었고,

파우스트는 세계문학사의 가장 독일적인 문학적 형상이 되었다.

『파우스트 1부』는 하느님과 악마 메피스토펠레스 사이의 내기 장면으로 시작한다. 올곧은 학자 파우스트를 유혹하여 타락의 나락으로 떨어트리면 메피스토펠레스가 이기는 내기이다. 이때 하느님이 파우스트의 성품을 설명하면서 내뱉는 한 마디, 즉 "인간은 무언가를 찾아나서는 한 방황하기 마련이다."라는 말은 바로 『파우스트』의 주제어가 되고 있다. 파우스트는 진리를 위해서는 지상의 경계와 한계를 결연히 뛰어넘을 준비가 되어 있는 노학자이다. 그러나 수십 년간의 학문연구에도 불구하고 세계를 총체적으로 인식하기에는 인간이란 너무나 미약한 존재라는 현실인식을 하게 되고 자신의 존재에 항시 회의하고 자신의 현존재를 자살로써 마감하고자 시도하는 인간이기도 하다.

파우스트는 만물이 생동하는 부활절 날의 산책을 통해서 인간 세상의 진면목을 바라보게 되고 자신의 내면에 자리 잡은 깊은 충동에서 메피스토펠레스와의 계약을 체결한다. 악마의 힘을 빌려서라도 자신이 동경하는 모든 세상사를 경험하고자 하고, 만일 어느 순간이라도 현실에 만족하고 안주하고자 하는 마음을 갖는다면 자신의 영혼을 메피스토펠레스가 차지한다는 것이다. 삶이 부여한 근원적인 멜랑콜리를 잠재우고 인간적 한계를 뛰어넘어 총체적 현실경험을 위해서 파우스트는 이제 넓은 세계로의 세상 나들이를 감행한다. 마법의 힘으로 젊은이가 된 파우스트는 그레트헨을 유혹하여 그녀를 비극에 빠뜨린다. 그녀의 어머니와 오빠를 죽음으로 내몰고, 실성한 그레트헨은 파우스트와의 아이를 살해하기에 이른다. 그러나 그레트헨의 순진무구함에 대해 메피스토펠레스의 사악함도 어찌할 수 없는 것이었으므로 그녀는 구원을 받는다. 이것이 바로 진정한 사랑의 힘이기도 하다. 악마와의 계약을 통해서 자신의 영혼을 볼모로 현세의 모든 한계를 넘어 파우스트가 그토록 갈망하였던 지고의 진리는 결국 자신이 망쳐 버린 어린 소녀 그레트헨의 순구한 마음속에 있는 사랑에서 찾아질 수 있었다.

어느 누가 비극이란 관객은 오직 신뿐인 인간과 운명에 관한 유희라고 했던가.

키르케고르의 『불안의 개념』(1844)

'북구의 소크라테스' 키르케고르*Søren Kierkegaard*(1813~ 1855)는 무엇보다 인생을 시화(詩化)한 인물로 여겨진다. 오스트리아의 문화철학자 카스너는 키르케고르가 인생을 시화한 것은 진실을 은폐시키기 위한 것이 아니라 과연 진실이 무엇인가를 말할 수 있기 위해서 그러한 것이라고 말하였다. 1840년 9월 키르케고르는 18세의 레기네 올젠과 약혼한다. 그 후 1년이 채 지나지 않아서 그는 이 약혼을 파기했다. 그리고 그는 베를린으로 여행했다가 코펜하겐으로 되돌아왔는데, 이후 그는 이상한 기인(奇人)으로 살았다. 그의 독특한 생활태도로 인하여 덴마크 왕을 비롯한 모든 이들에게 알려진 인물이었지만 친구는 없었다. 그는 가명으로 쓴 수많은 저서를 통해 당대의 기독교 사회에 대한 가차 없는 비판을 가함으로써 대다수의 사람들로부터 증오와 지탄의 대상이 되었다.

교회와 대항해서 싸우는 힘든 투쟁 속에서 그는 죽었다. 그는 오늘날의 모든 교회가 기독교적이 아니며 이로 인해 어떤 사람도 기독교인이 되기 힘들다는 주장을 펴면서 싸웠던 것이다. 후에 청년 루카치는 키르케고르와 레기네 올젠의 이루지 못한 사랑 이야기에서 키르케고르의 형이상학적 인간학의 특징을 존재와 당위 사이의 대립으로 읽어 내고 있다.

키르케고르는 1943년 5월 17일자 일기에서 레기네 올젠과의 파혼의 계기는 자신의 내면에 존재하는 불안 때문이라고 적고 있다. 키르케고르는 일상과의 화해 대신에 자유인으로 남고 싶었으며, 자신의 존재와 가능성 사이의 대립을 극복하기 위하여, 레기네 올젠과의 결혼이 표상하는 시민적 삶과 철학에의 길 사이의 대립 속에서 약혼 파기라는 몸짓을 통해서 어떤 절대성을 찾고자 했던 것이다. 그는 '코펜하겐의 관찰자*VIGILIUS HAUFNIENSIS*'라는 희화적인 가명으로 1844년 『불안의 개념Begrebet Angest』을 집필한다.

그를 사로잡은 불안은 무(無)에서 비롯되는 존재론적 불안이다. 이런 의미에서 대상성을 지니는 공포와는 구별된다. 유(有), 즉 내재성에서 출발하는 모든 체계를 그는 무를 내세워 흔들어 대고자 시도한다. 아리스토텔레스, 데카르트,

헤겔에 이르는 서구 철학의 역사는 내재성에 대한 회의 자체가 존재하지 않고, 절대정신에 대한 강조는 주관이 소외된 객관성의 노예 됨의 한 일례일 뿐이며, 기존 기독교의 역사도 궁극적으로는 무를 그 어떤 것으로 대치하려는 잘못된 시도라는 것이다. 이러한 육체와 영혼의 대립은 바로 정신에서 일치되는데, 이 정신이 자기화되는 과정이 실존이며, 이 정신이 자기화의 제 조건에 상응하며 자아를 찾아가는 과정에서 불안의 개념이 관건이 된다. 이런 불안 개념은 철학뿐 아니라 틸리히, 불트만 등의 현대 신학자들에게도 많은 영향을 끼친다.

클라이스트의 『미하엘 콜하스』

1811년 11월 21일 하인리히 폰 클라이스트*Heinrich von Kleist* (1777~1811)는 연인 헨리에테 포겔과 베를린 근교의 한 호 숫가로 산책을 나간다. 오후 4시 정각 클라이스트는 피크닉 바구니에서 권총을 꺼내들어 연인을 쏘고 자신도 관자놀이 를 향해 방아쇠를 당긴다.

클라이스트는 프로이센의 전통적인 융커의 자손임에도 군 인의 길을 거부하고, 이미 당대에 신화가 되어 버린 괴테와 실러의 문학적 권위에 도전하여 중부 유럽 최고의 시인이 되고자 했다. 그러나 결코 살아서는 그들의 권위를 넘보지 못하고 경계인에 머물 수밖에 없었던 클라이스트는 동시대 인들의 이유 없는 평가절하와 무관심을 관습과 전통에 대한 거부로 일관하여 야심 찬 광인의 모습을 문학사에 남겨 놓고 있다. 시대와의 타협을 몰랐던 클라이스트는 그리 길지 않은 34년간의 삶을 극단적으로, 그러나 자율적으로 마감한 것이다.

그가 자살을 감행하기 1년 전에 완성한 소설 『미하엘 콜하스*Michael Kohlhaas*』는 끊임없는 반항과 내적위기와 자아분열로 얼룩진 시인의 짧은 삶을 상징적으로 보여준다. 부유한 말(馬) 거래상인 미하엘 콜하스는 다른 지역으로 말을 팔러 가는 도중 융커 트롱카의 영지에서 신분증을 제시하지 못한 대가로 말 두 필을 담보로 맡겨야 했다. 후에 이러한 요구가 부당함을 알게 된 콜하스는 말의 반납을 요구하는데, 자신의 준마들이 관리 소홀로 밭갈이에나 쓰이는 야위고 병든 말로 변해 버린 것을 보게 된다. 콜하스는 자신의 말들을 원래 상태로 되돌려 줄 것을 당국에 요구하기 위해 법원에 고소장을 제출하려 하지만 거부당한다. 그러자 그는 자신의 부인에게 선제후에게 탄원서를 제출하게 하는데, 도리어 병사들에게 공격을 받아 중태에 빠진다. 자신의 정당한 요구가 윗사람들의 제도적인 은폐시도로 허사로 돌아가자 콜하스는 하인들과 함께 폭도로 변신하여 트롱카의 성에 잠입하여 성안의 사람들을 살육하고 성을 잿더미로 만들어 버린다. 그러나 복수의 대상인 융커 트롱카가 비텐베르크로 도피했다는 사실을 알고는 비텐베르크 시당국에 그의 인도를 요청하지만 거부되자 다시금 비텐베르크를 잿더미로 만들어 버린다.

비극은 단 하나의 확대방향만을 가지고 있다고 한다. 종교개혁가 마틴 루터는 이러한 콜하스의 극악무도한 범죄행위를 공개적으로 비난하게 되자, 콜하스는 루터를 설득하여 사면을 받게 된다. 그러나 모든 사건의 계기가 되는 말 두 필의 무단 점유 사건을 파헤치는 재판과정에서 국가권력은 그의 사면을 번복하고 콜하스는 교수형에 처해진다. 교수형 직전에야 콜하스는 자신의 빼앗긴 두 필의 말 사건에 관해서는 자신의 정당함이 인정되었다는 사실을 알게 된다. 이로써 세계문학사에서 미하엘 콜하스는 부당한 권위에 대항하고 자신의 권리를 찾고자 정당한 저항을 행사하는 인물의 상징이 되었다.

라블레의 『가르강튀아와 팡타그뤼엘』

에리히 아우어바흐*Erich Auerbach*(1892~1957)의 『미메시스 *Mimesis*』(1946)에는 거인 팡타그뤼엘의 입안에 건설된 세계에 대한 유명한 설명이 있다. 거인 팡타그뤼엘의 입안은 수십 리에 이르러 그 안에는 커다란 경작지가 딸린 마을과 교회가 있고, 거인의 이빨들은 마치 병풍처럼 마을을 둘러싼 산악지역을 방불케 한다. 거인의 입안에 대한 '탐험'은 르네상스시기의 신세계 발견이라는 모티브를 희화하고 있는 셈이다. 인간의 육체에 대한 극도의 과장과 탐닉적인 행위를 가벼운 필치로 그려 낸 판타지 소설의 한 장면을 떠올리기에 충분하다. 거인 팡타그뤼엘과 그의 아버지 가르강튀아의 이야기는 저자인 프랑수아 라블레*François Rabelais*(1494~1553)의 애너그램인 '알코프리바 나지에'라는 가명으로 1532년 리옹에서 발간되자마자 불과 두 달 만에 그 당시 9년 동안에 팔린 성서의 숫자보다도 많이 팔렸다. 거인 가르강튀아와 그의 아들 팡타그뤼엘의 모험 이야기는 원래 프랑스의 민담에서 유래한다. 두 거인은 낯선 나라들을 여행하면서 가는 곳마다 비축된 식량들을 모조리 먹어 치우면서 환상적인 모험을 펼친다. 중세적 금욕과 규율적 삶에 진저리를 치고 있던 민중들에게는 주인공들의 현란한 탐닉과 방종이 친근하게 다가올 수 있었다. 라블레의 작품에서는 일상적 현실이 전혀 불가해 보이는 환상 속에 놓여 있고 가장 조야한 우스개 농담이 박식으로 가득 차 있으며 도덕적인 철학적 교화는 음란한 음담패설과 함께 흘러나온다.

라블레의 생애에 대한 그리 많지 않은 기록들을 종합해 보면 처음 그는 프란체스코파의 수도승이 되었다. 그러나 그 당시 유입된 고대 그리스의 학문에 대한 '과도한' 관심을 보여 교단과의 마찰을 낳았고, 베네딕트수도회로 이적한다. 헤로도토스의 책을 번역하는 것이 문제가 되었다고 하는데, 중세적 신학관을 고수하던 당시의 보수적 신학자들은 엄격한 사상통제를 시도하였던 것 같다. 이후 의학 공부에 매진하였던 라블레는 결국 환속하게 되고, 그는 20여 년간에 걸쳐 가르강튀아와 팡타그뤼엘의 이야기를 장장 5권에 걸쳐 집필하기에 이른다.

라블레는 과장된 거인들의 이야기를 통해서 중세적 질서

와 사고에 정면으로 도전하고자 하였다. 중세의 소설 속에서 등장하는 인간육체의 과장과 희화와는 달리 라블레의 '동물적 리얼리즘'은 중세적·종교적 지배에 대한 휴머니즘적 반역을 주도하는 것이었다. 중세 후기에 만연하였던 육체의 동물적 처리가 신 앞에 선 인간의 나약함을 폭로하고자 하였다면, 라블레의 거인은 중세적 금기와 제약을 깨트리는 초인적 인간상에 대한 기대감에서 출발한다. "라블레의 웃음은 저 별들에게까지 닿으며 우리들 영혼의 심연까지 채워준다."고 빅토르 위고는 말한다. 라블레의 과장된 이야기 속에는 단지 농담과 우스갯소리만이 아니라, 그 어떤 진지함도 감춰져 있었다. 이로써 라블레는 프랑스의 르네상스를 대표하는 작가가 되었으며, 그의 거인들은 근대로의 문을 힘껏 열어젖히고 성큼성큼 세계문학사에 그 커다란 족적을 남겼다.

보카치오의 『데카메론』

죠바니 보카치오*Giovanni Boccaccio*(1313~1375)의 『데카메론 *Il Decamerone*』은 페스트가 창궐한 1348년 어느 날 피렌체의 산타 마리아 대성당에서 일곱 명의 젊은 여인네들과 세 명의 청년들이 우연히 한자리를 하게 되면서 그 이야기가 시작된다. 18세에서 28세에 이르는 열 명의 젊은이들은 재앙의 도시에 드리운 죽음의 그림자와 피폐한 풍속을 피하여 시골의 영지로 피신하여 열흘 동안 매일 서로 돌아가며 이야기를 들려주게 되어 『데카메론』의 100편의 이야기가 탄생한다. 단테에 정통하였던 보카치오는 『신곡』에서와 마찬가지로 완전함을 뜻하는 100편의 이야기를 엮어 내고 있는 것이다. 이미 뿌리부터 흔들리기 시작한 중세적 가치관과 질서는 페스트의 창궐로 인해 종말을 향해 치닫고 있었으며, 『데카메론』은 중세사회가 지닌 위선에 대한 조롱 섞인 작별인사이자 새로이 도래할 역동적이고 감각적인 신세계에 대한 환영사가 되고 있다. 페스트는 당시 이태리 사회와 풍속에 있어서 전반적으로 이루어지고 있던 거대한 변혁의 계기를 상징하는 것이며 중세를 마감하고 근대의 문고리를 쥐고 있는 재앙의 모습으로 다가온다. 중세사회가 종교적 구원에의 열망에 기초하고 있다면, 페스트로 시작된 대재앙은 영원성에 대한 믿음을 고갈시키고 있다.

『데카메론』에서는 매일 순번으로 추대된 좌장이 제안한 주제에 대해서 각기 한 가지씩의 이야기를 하게 된다. 첫째 날과 아홉째 날에는 자유로운 주제에 대해서, 둘째 날에는 고난 끝에 행복하게 되는 사람들에 대해서, 셋째 날에는 갈망하던 바를 얻게 되는 이야기를, 넷째 날에는 사랑하는 남녀의 불행에 대해서, 다섯째 날에는 우여곡절 끝에 행복해지는 사랑 이야기를, 여섯째 날에는 기지로 위기를 모면하는 이야기를, 일곱째 날에는 남편을 속이는 여인네의 이야기를, 여덟째 날에는 부부가 서로 기만하는 이야기를, 그리고 마지막 날에는 고결한 행위에 대한 이야기를 하고 있다. 이태리어로 쓰인 최초의 산문작품이기도 한 『데카메론』에는 소위 외설성과 비도덕성이 문제가 되어 한동안 가톨릭의 금서목록에 올려져 있었다.

보카치오는 100편의 이야기들의 소재를 주로 아랍과 인도, 페르시아와 옛 프랑스의 이야기들에서 취합하여 나름의 문학적 형식을 부여하고 각기 주제별로 배열하고 특유의 경쾌한 필체로 재구성해 내고 있다. 줄거리를 엮어 내고 묘사하는 데 보카치오는 고대의 키케로의 본보기를 따르고 있으며, 피렌체의 여느 시장골목에서 들을 수 있었던 민중의 언어로 이야기를 엮어 내려간다. 단테가 교황제도를 비판하였다면 보카치오는 그의 이야기를 통해서 성직자들을 통렬히 조롱하였고 수세기에 걸친 검열을 뛰어넘어 수많은 후대의 문학작품에 여러 소재를 제공하고 있다.

안데르센의 『그림 없는 그림책』

안데르센*Hans Christian Andersen*(1805~1875)의 『그림 없는 그림책』(1840)은 어른들을 위한 동화이다. 고향마을의 숲과 푸른 언덕 대신에 잿빛 굴뚝들만 지평선을 이루는 낯선 대도시의 어두운 다락방에서 하릴없이 살아가는 가난한 화가에게 어느 날 밤 정든 달(月)님이 찾아온다. 친구 한명 없고 반겨주는 낯익은 얼굴 하나 없는 삭막한 도시의 밤을 비춰 주는 달님은 가난한 화가의 어둠침침한 다락방을 밝혀 주고 답답한 마음을 어루만져 준다. 달님은 밤마다 찾아와 그간 온 세상을 비추면서 보고 들은 이야기들을 들려주고 가난한 화가는 달님이 들려준 33편의 이야기를 담담하게 다시 그려 내고 있다. 달님이 들려주는 이야기는 때로는 한 폭의 풍경화를 바라보는 듯한 잔잔한 감동을 주기도 하고 때로는 역사책 속의 중대 사건을 묘사한 정밀화를 보고 있는 듯한 섬뜩함을 안겨주기도 한다. 봉건적 질서의 질곡에서 갓 벗어난 19세기 중반의 급속한 산업화의 결과 야기된 도시화의 그늘에서 그 존재 기반을 위협받고 있는 예술가의 어두운 내면의 그림자를 다시금 밝게 해 줄 수 있는 것은 안데르센만이 지닌 동화적인 상상력이었다. 안데르센의 동화는 결코 현실과 동떨어진 판타지가 아니라 잿빛 굴뚝들의 지평선 너머 저 멀리 고향땅에 잊고 온 삶의 의미를 다시금 되뇌게 하는 교훈적 요소를 지니고 있다. 또한 『그림 없는 그림책』에는 프랑스혁명의 여파와 동시대의 정치적 현실에 대한 풍자와 비평도 눈에 띈다.

안데르센은 덴마크의 오덴세 지방에서 가난한 양화공의 아들로 태어났다. 안데르센은 연극배우가 되기 위해 14세의 어린 나이로 코펜하겐으로 무일푼 단신 상경하게 되어 우여곡절 끝에 운 좋게 대학교육의 기회를 잡고 작가로 성공하게 되었지만 그의 자아정체성을 이루는 많은 부분은 어린 시절 시골마을에서 일상적으로 대하던 숱한 미신들과 기발한 이야기들이었다. 안데르센의 동화는 상호 대립적인 세계와 가치관의 산물이다. 시골 고향마을과 코펜하겐의 상이한 문화적·사회적 환경의 차이와 낭만주의와 사실주의의 양립, 사회적 계층 간의 대립 속에서 안데르센의 동화적 상상력은 빛을 발할 수 있었다. 평생 덴마크를 벗어난 적이

별로 없었던 동시대의 키르케고르와는 달리 안데르센은 독일과 이탈리아를 비롯하여 유럽의 각지를 29차례나 여행하고 전 생애에 걸쳐 9년 동안이나 국외에 머물렀으며 평생 독신으로 살았다. 특히 1833년 이탈리아 여행의 인상과 체험을 바탕으로 창작한 『즉흥시인』(1835)이 독일에서 호평을 받으면서 안데르센은 작가로서의 입지를 얻게 되고 같은 해에 시작된 『동화집』 간행을 계기로 동화작가로만 알려져 있지만 다수의 시와 희곡도 저술하였다. 안데르센의 동화들은 1835년부터 1872년까지 거의 평생에 걸쳐서 꾸준히 발표되었다.

몽테뉴의 『에세이』

몽테뉴는 단 한 권의 책을 썼을 뿐이다. 『에세이』라는 한 권의 책으로 우리는 몽테뉴의 이름을 기억하고 있다. 프랑스어로 '시도'라는 뜻을 지닌 기이한 이름의 이 책은 근 20년이 넘는 기나긴 세월에 걸쳐 쓰였으며, 총 3권 107장 1,400쪽을 넘는 형식적으로는 자유로운 방대한 저작이다. 그를 프랑스 르네상스의 대표적 사상가의 한 사람으로 자리매김하게 해 주는 『에세이』는 르네상스 초기에 팽배하였던 모든 인본주의적 이상과 환상, 흥분과 열광이 회의와 갈등으로 바뀌는 시기의 시대정신을 표현한다.

위대한 이념적 통합을 부르짖던 휴머니스트들은 사회 전체의 걷잡을 수없는 혼란에 침묵하였고 새로운 창조의 꿈에 부풀었던 젊은 시인들도 종적을 감추었다. 인간의 영혼에 새로운 바람을 불어넣으려 했던 종교개혁자들의 바람과는 반대로 교파 간의 갈등과 대립만을 야기함으로써 전체 교계를 양분시켰다. 이 분열은 단지 종교계뿐 아니라 끝내는 나라 전체를 둘로 갈라놓았으며 프랑스 역사상 가장 비극적인 종교전쟁이 일어나게 되었다. 이러한 정신적 혼돈과 위기의 한복판에 몽테뉴의『수상록』은 서 있다. 한때 르네상스 거인들은 위대한 야망과 꿈에 부풀어 있었지만 모든 것은 너무나도 허무하게 무너졌다. 이러한 황망한 지적 불모지대에서 몽테뉴는 무엇을 하고자 하였던가. 1533년 프랑스 남부 도르도뉴 지방의 몽테뉴성에서 출생한 그가 이른 나이에 모든 관직을 포기하고 고향의 영지에 칩거하며 1592년 사망하기까지 '여신들의 품 안에 안겨' 계속적으로 저술한『에세이』는 서구 지성사에 에세이라는 새로운 글쓰기 형식의 탄생을 의미하는 것이었을 뿐만 아니라, '나는 누구인가? 내가 알고 있는 것은 무엇인가?'라는 고대 이래 인간 영혼 내부에서 울려 퍼지는 근원적인 질문에 대한 답변을 제시하고자 하는 새로운 '시도'였다. 한 구절 한 구절 몽테뉴의 글쓰기는 자신에 대한 새로운 발견의 경험이었으며 자신의 독립성과 자율성을 서서히 깨달아 가는 '개인'의 내면의 기록이었다. 중세적 신앙의 굴레에서 해방된 르네상스적 개인의 탄생을 시화해 내는 몽테뉴의 '시도들'이 없이는 데카르트적인 사유하는 근대인의 탄생은 요원한 것이었을지도 모른다. 라블레의 가르강튀아가 중세의 신성에 저항하는 초기 르네상스적 거인주의 형상화에 성공하였다면, 몽테뉴의 『에세이』는 우주 안에서 그 존재가 미약하고 왜소하고 공허함과 허무에 휩싸여 있지만 그럼에도 '나는 누구인가'를 지속적으로 되묻는 우리 인간의 참모습을 역사상 처음으로 제시하고 있다. 그리고 몽테뉴가 찾아낸 해답은 일견 우회적이다. 획일적인 전근대적인 사회체제 내에 안주하는 개인들에게 망상과 독단의 오만에서 벗어날 것을, 닫혔던 마음의 문을 활짝 열고 다양성과 상대성을 끌어안기를 요청한다. 배타적인 자아정체성만을 확립해 나가는 근대인들에게 제시하는 내가 아닌 다른 타자의 존재와 관용의 정신은 몽테뉴의 『에세이』가 시도한 인간이해의 결론인 셈이다.

톨스토이의 『전쟁과 평화』

　세계문학사에 커다란 족적을 남긴 레프 니콜라예비치 톨스토이(1828~1910)의 문학세계에서는 인간이란 신(神) 앞에서는 보잘것없는 나약한 존재일 따름이다. 톨스토이의 '대작들'을 대하는 독자들은 그의 살아 숨 쉬는 주인공들이 엮어 가는 삶의 여러 양태들 속에서 작가 자신의 고뇌에 찬 인생 노정의 단면들을 읽어 내려간다.

　부유한 귀족의 자손으로 태어났으나 부모를 일찍 여의고 숙모의 손에서 자란 톨스토이는 대학에서 동양학과 법학을 전공하나 일찌감치 학업을 포기하고 만다. 루소의 사상에 심취한 청년 톨스토이는 가문의 영지로 돌아가 농노제도의 개혁을 시도하나 좌절을 맛보야만 했기에 돌연 군대에 입대하여 크림전쟁에 참전하기에 이른다. 연이은 두 번에 걸친 서유럽 여행, 그리고 운명적인 결혼과 귀향, 어느 누구에도 견줄 수 없는 창작에의 열정, 그리고 시골 간이역에서의 쓸쓸한 죽음, 내면적으로는 어느 누구보다 풍요로웠지만, 톨스토이의 세속적인 삶의 단면 단면은 말하자면 마치 그의 소설의 제목과 같이 끊임없이 이어지는 '전쟁과 평화'의 연속이었던 것이다.

결혼 후 고향영지에 정착한 톨스토이는 러시아 역사상 최초의 근대적 혁명을 꾀한 데카브리스트들에 관한 작품을 구상한다. 나폴레옹전쟁의 여파로 자유주의적 사상에 심취한 일단의 청년장교들이 농노제 폐지와 입헌군주제 수립의 기치 아래 봉기하였지만 심한 좌절을 맛보아야만 했던 19세기 러시아 역사상 가장 뼈아픈 순간을 그려 내려는 톨스토이의 시도는 여전히 『전쟁과 평화』(1869)의 초반부의 줄거리를 이룬다. 장장 등장인물만도 250여 명에 이르는 『전쟁과 평화』의 기본 줄거리는 세 가문의 삼대에 걸친 인생역정이다. 이상주의자 피에르 베즈호프와 그의 친구 안드레이 볼콘스키, 아우스터리츠 전투에서 부상당해 귀환한 안드레이는 로스토프 공작의 딸 나타샤와 사랑에 빠지지만, 그녀가 아나톨 쿠라긴과 염문에 휩싸이자 보로디노 전투에 참가하여 죽음을 자초한다. 피에르는 아나톨의 누이 헬레네와 결혼하지만 그녀 역시 사생아의 낙태를 시도하다 죽음을 맞이한다. 피에르는 보로디노 전투의 산증인으로서 나폴레옹 군대의 만행을 목도하고 악의 화신인 나폴레옹을 암살하려 시도하지만 오히려 포로수용소에 갇히는 신세가 된다. 이곳에서 피에르는 농부 출신인 플라톤 카라타예프를 알게 되고, 그에게서 자신에게 풀지 못할 숙제였던 삶의 의미에 대한 해답을 찾게 된다. 이리하여 후에 나타샤를 자신의 배필로 맞아들이고 자신의 삶의 의미에 충실한 여생을 살아가게 된다. 톨스토이가 자신의 작품을 자랑스럽게 호머의 『일리아드』와 견준 바 있듯이, 『전쟁과 평화』에서는 생생한 전투장면의 묘사와 주인공들의 생생한 감정표현, 당시 귀족적 삶에 대한 충실한 묘사가 매우 적절하게 19세기 러시아 사회의 총체성을 담아내고 있다. 더욱이 작가 자신의 윤리관이 투영된 주인공들의 생생한 성격묘사와 주인공들을 통해서 제시되는 톨스토이적 주제의식은 이 소설을 세계문학사에 명실상부한 리얼리즘문학의 정전으로 자리매김하게 하고 있다.

베른의 『80일간의 세계일주』

즬 베른Jules Verne(1828~1905)의 『80일간의 세계일주』는 시간과의 끊임없는 싸움의 이야기이다. 내기에 이기기 위해서 빠른 속도로 세계를 한 바퀴 돌아야 하는 두 주인공의 모험담은 실은 세계문학사에서 처음으로 시간의 문제를 진지하게 다룬 소설이다. 서구에서 기계시계가 발명된 14세기 이래 단일하고 공적인 시간의 역사에 있어서 가장 중요한 사건은 19세기 말 국제 표준시의 도입이다. 철도망의 확대는 공간적 격차를 급속히 단축시키고, 전신과 전화의 발명은 거리의 격차를 뛰어넘는 동일시간 개념을 부여하였다. 1873년 출간된 즬 베른의 『80일간의 세계일주』는 이러한 전 지구적인 시간개념에 바탕하여 이루어지는 사건들로 이루어지고 있다. 지역시간을 넘어서는 지구적 단일시간을 염두에 두고서야 타지의 교통수단들의 출발시간과 갈아타는 시간을 자기 뜻대로 계획하고 제어할 수 있었던 것이다. 당시에 새로운 교통망과 커뮤니케이션적 상황이 연출한 글로벌한 지구촌의 모습을 속도의 문제로 다룬 최초의 시도인 것이다. 이는 다른 한편으로는 낯선 곳으로의 여행이라는 것이 흥미진진하지만 어느 정도 위험을 내포하여야만 하였던 시절에 대한 기념비이기도 하다. 철도·전화·자전거·자동차·비행기·영화에 이르는 인간의 거리감각에 일대 혁명을 가져오는 일련의 발명품들이 속속 출현하던 시대에 베른의 소설에는 세계의 통일성이라는 새로운 감각이 미리 투사되어 나타난 셈이다. 80일간에 지구를 한 바퀴 돌아올 수 있다는 내기를 걸고 길을 떠나는 영국인 주인공 필리어스 포그와 프랑스인 하인 파스파르투의 모험담에는 과학기술이 창조하고 도시화와 제국주의가 중재한 새로운 거리감과 시간관념을 가진 근대인의 모습이 드러나 있다. 프랑스의 낭시에서 태어나 아미앵에서 생을 마감한 쥘 베른은 공상과학소설의 선구자로 여겨질지언정 그리 여행을 많이 한 사람은 아닐 성싶다. 그의 소설은 1870년 미국의 트레인이 행한 80일간의 세계일주 보도에서 영감을 떠올리고 이러한 여행의 낭만적 측면과 모험적 측면을 최대한 간접체험들을 통해서 독자에게 강한 공감을 불러일으키는 데 성공한다. 금세 국제적인 베스트셀러가 되고 독자들은 두 주인공의 여행기를 읽으면서 마치 자신이 시간과 경쟁하고 미지의 공간을 정복해 나가는 듯한 대리만족을 얻게 되었으리라. 이 소설의 내용은 당시 실제로 행해지던 세계여행의 모습을 잘 요약하고 있을 뿐 아니라 동시에 독자들에게 미지의 세계로의 여행을 부추기고, 시간과의 싸움을 강조하는 현실과 판타지의 혼합물인 셈이다. 그러나 베른의 소설에서 보이는 시간의 보편성에 대한 믿음은 40년 후에 프루스트에 의해서 재해석된다.

멜빌의 『모비딕』

허먼 멜빌*Herman Melville*(1819~1891)의 『모비딕』을 읽는 독자는 이 소설이 과시하는 고래와 고래잡이에 대한 백과사전적 지식에 혀를 내두른다. 거기에는 고래의 종류와 생태, 습성에 대한 섬세한 탐구뿐 아니라 포경의 장비, 방법, 역사 및 고래기름의 정제과정에 이르는 상세한 설명이 한없이 계속된다. 한때 남방해에서 포경선을 탄 이색경력의 소유자인 멜빌이 고래와 고래잡이에 대해서 그토록 집착하는 이유는 무엇일까. 대상에 대한 집착은 눈앞의 현실을 가능한 한 정확하게 포착하려는 리얼리스트적 야망의 표출이기도 하지만, 다른 한편으로는 과도하게 세밀화된 대상묘사는 전체적 조망의 상실을 열거하는 일이 되기도 하다. '삶의 무료함'에서 포경선 피쿼드호에 승선한 화자 이스마엘의 집요하고 열정적인 기억의 재구성은 이 소설이 궁극적으로는 삶의 애매성과 불투명성을 세밀화된 묘사들 속에서 해체하고 재구성하고 있다는 것을 알려주고 있는 것이다.

화자 이스마엘은 무엇인가를 계속 추구하는 자이다. '고래의 흰색'에 매료되어 고래잡이배를 타고, 고래와 포경에 대한 박물학적인 지식을 섭렵하면서, 눈앞에 보이는 모든 것들에 대한 집요한 시선을 저버리지 못하는 이스마엘에게서 더 이상 경험을 공유하기 어려운 시대의 근대적 화자의 모습이 반세기쯤 앞서 희미한 모습을 드리우고 있다. 화자에게는 여전히 미지의 경이감으로 남게 되는 '모비딕'을 평생 뒤쫓고 있는 선장 아합의 집요함은 과거의 기억을 현재적으로 항시 정당화시켜야만 그 임무를 다했던 석화된, 전근대적 화자의 또 다른 자아의 모습으로 다가온다. 따라서 미지와 경이로움의 대상인 '모비딕'은 어떠한 포경작살의 공격에도 여전하다. 아합 선장과 선원들과 포경선 피쿼트호는 도리어 수장되고, 유일한 생존자는 이야기꾼이 된다.

아무도 저항할 수 없는 그 어떤 힘에 끌려서 일종의 파국을 향해서, 즉 모비딕을 찾아 나서는 일을 중단할 수 없게 되어 버리는 상황들이 이 19세기 미국문학의 고전을 여전히 현대적이게 하는 기능이었으며 멜빌이 천착하는 삶은 근본적으로 다의적으로 해석되는 세계였던 듯하다. 주인공들을 둘러싼 인간관계의 다종성 및 민주주의적 알레고리

또한 이 소설을 읽는 재미를 배가시켜 주고 있지만 무엇보다도 출간과 동시에 독자들에게 철저히 외면당했던 이 복잡장대한 소설이 1920년대 다시금 세인의 주목을 받을 수 있었던 점은 화자가 토로하는 바와 같이 '세심한 무질서' 속에 툭툭 던져진 이야기들의 자연스러운 덧붙임이다. 총 135장에 이르는 방대한 소설 내용들의 느슨한 시간적 엮임이 '이스마엘의 거대한 상징적 산문시'로서 거듭나고 있는 것이다. 실제로 『모비딕』을 제대로 읽어 본 독자는 별로 없을지언정 현대인의 문화적 기억 속에 여전히 하얀 거품을 품어내고 유유히 물길을 가르는 모비딕의 모습은 이미 신화적 위치를 자리하고 있지 않은가.

그림 형제의 『그림 동화집』

나폴레옹의 군대가 아우스터리츠와 예나에서 각기 독일 제국의 맹주를 자처하던 오스트리아와 프로이센의 군대를 격파하고 비록 명목상이기는 하지만 수백 년간 독일민족의 구심점으로 남아 있던 신성로마제국은 그 종말을 고한다. 계몽의 정신에 기반한 프랑스혁명의 이념이 마지막 남은 중세적·종교적 허울을 중부유럽에서 벗겨내는 순간이었다. 그러나 동시에 나폴레옹에 점령당한 베를린에서 철학자 피히테(1762~1814)가 유명한 "독일국민에 고함"(1807/08)이라는 강연을 통해서 이제껏 결코 실체로서 존재하지 않았던 독일민족의 정체성을 강조하는 계기가 되기도 하였다. 세계시민임을 자처하던 괴테만이 예외이었던 이러한 독일 영방 내의 팽배한 민족주의적 성향은 인문학 분야에서는 독일의 언어와 문화적 전승에 대한 체계적인 연구를 시작하게 한다. 이러한 독일 낭만주의적 열정이 구현되어 나타난 본보기를 우리는 무엇보다도 야콥 그림(1785~1863)과 빌헬름 그림(1786~1859) 형제의 '동화집'(원제는 『어린이와 가정의 동화』(1812/15))과 방대한 언어연구(가령 필생의 역작인 '독일어 사전'은 그들의 사후 백 년이 지나서야 1960년 총 32권으로 완성되었다)에서 볼 수 있다. 소위 계몽의 정신이 문학에서 모든 환상적인 소재들에 비이성적이며 통속적이라는 낙인을 찍어 몰아내던 바로 그 시기에 『그림 동화집』은 역설적으로 정치적 자유와 신념의 에토스를 표방하는 기념비적 작업이 된 것이다. 일반 민중들의 입에서 입으로 전래되던 이야기들을 다시금 간결한 독일어로 옮겨 내는 작업에는 민족의 정체성을 언어적 고유성과 전통에서 찾고자 하였던 형제의 이상이 녹아 있다. 그림 형제의 동화에의 관심은 수학 중이던 1803년 중부 독일의 작은 대학도시 마르부르크에서의 클레멘스 브렌타노(1778~1842)와 아르킴 폰 아르님(1781~1831)과의 만남에서 유래한다. 브렌타노와 아르님은 600편이 넘는 독일의 중세 민요를 수집하여 『소년의 마법피리』(1806/08)를 발간하는데, 구전연구와 민속학 탐구를 통해서 당시의 독일 낭만주의 지식인들은 시대와 계층을 초월한 생생한 민족정신의 근원에 대한 탐구를 시도한 것이고, 그림 형제의 작업 역시 이러한 낭만주의적 전통에 맞닿아 있다. 총 210편의 구전 동화들로 이루어진 그림 동화집의 처음 필사본은 유네스코에 의해 세계기록문화재로도 선정되었으며, 동화집 내용 중에 상당 부분은 전형적인 독일 이야기라기보다는 프랑스 등 외국의 전승 동화들이 차지하고 있다.

샤미소의 『그림자를 판 사나이』

아달베르트 폰 샤미소*Adalbert von Chamisso*(1781. 1. 30.~ 1838. 8. 21.)라는 이름이 세계문학사에 한 줄 남아 있을 수 있었던 것은 전적으로 『페터 슐레밀의 기이한 이야기*Peter Schlemihls wundersame Geschichte*』(1814)라는 일견 허황되어 보이는 한 편의 짧은 소설 덕분이다. 프랑스 북부 샹파뉴 출신의 샤미소 일가는 1789년 프랑스혁명의 여파를 피해 베를린으로 이주한 귀족가문이었으며, 어린 나이에 고향을 떠난 샤미소는 프랑스 망명자이지만 독일어로 문필활동을 하였다. 샤미소는 후기 낭만주의의 중심인물들과의 교류를 통해서뿐만 아니라 자신의 문학적 삶을 통해서 타자의 문화와 이질성에 대해 개방적이었던 낭만주의 운동의 상징적 인물이 되고자 했다.

18세기의 유럽이 프랑스혁명의 경험으로 특징지어졌다면 19세기 초반의 역사는 왕정복고에 의해 규정되었다. '자유' 와 '평등'의 요청이 정치적으로 실현되리라는 희망은 이중적인 환멸로 변해 갔다. 이러한 실망의 원인으로는 한편으로는 프랑스혁명이 군주제로 후퇴하고 있어서 그러한 것이었고 다른 한편으로는 시민적·자본주의적 발전이 가속화되면서 도출되고 팽배화된 여러 모순에 의해서였다. 역사의 복고적 진행과 그 과정에서 체험된 모순에 대한 동시대인의 반응은 소외의 형태로 나타난다. 진보적 보편문학에 대한 시대적 요청이라는 초기 낭만주의의 이상은 이제 암울하고 냉소적으로 변해 갔다.

『페터 슐레밀의 기이한 이야기』 또는 가칭 『그림자를 판 사나이』는 이러한 소외의 문제를 주제로 삼고 있다. 주인공 슐레밀은 자신의 그림자를 회색 옷을 입은 낯선 남자에게 팔고 그 대가로 금화가 마구 쏟아져 나오는 돈주머니를 받게 된다. 이 마술 돈주머니가 가져다줄 부와 명예에 도취되어 자신의 그림자를 팔아 버린 슐레밀은 이로써 자신의 정체성이 의문시되는 동시대인의 상징이다. 다니는 곳마다 사람들은 그림자 없는 그의 모습을 손가락질하고 기피하게 되어 돈이 아무리 많을지라도 행복을 느끼지 못한다. 항시 슐레밀의 주변에 맴돌던 그 낯선 남자는 다시 그림자를 돌려주는 대가로 슐레밀의 영혼을 요구하지만, 슐레밀은 이번에는 그 악마의 요구를 물리치고 차라리 은둔자의 삶을 영위하나 실연과 인간적 배신만을 경험하는 참담한 삶의 연속이었다. 결국 그는 우연히 얻게 된 한 걸음에 7마일을 가는 요술장화의 도움으로 세계각지를 탐구하는 자연과학자로서의 삶을 살아가게 된다는 것이다. 자연에 탐닉한 삶과 이상적이고 환상적인 삶이 서로 연계되는 결말로 끝을 맺는 이 소설은 돈주머니로 상징되는 욕망에 현혹되어 그림자로 표현되는 자신의 정체성과 양심을 팔아 버리는 현대인의 모습을 희화하고 있는 셈이다. 결국 인간의 실존에 있어서 가장 중요한 정체성의 상실에 대한 뼈아픈 회환과 삶의 부질없음에 대한 깨달음에서 자연으로 복귀하는 주인공의 모습은 아마도 현대인의 자화상을 보여주고 있는 셈일 것이다.

입센의 『인형의 집』

　서구 근대의 연극, 특히 입센의 드라마가 본질적인 면에서 내적인 양식을 가지고 있는 이유는 연극의 주인공들이 자신을 운명의 시험대에 올려놓았기 때문이라고 루카치는 말한 바 있다(소설의 이론 114~115). 『인형의 집』(1879)의 노라의 경우도 그러한 경우이다. 노르웨이의 극작가 헨릭 입센*Herik Ibsen*(1828~1906)의 3막극 『인형의 집』은 1879년 초연 이래 세계연극사에서 고전의 반열에 올랐다. 르네상스 이래 서구 연극은 항시 형식적 완결성과 주제적 개방성 사이의 모순을 극복하고자 하였다. 입센의 드라마가 근대 연극의 위기를 극복하고자 하였다면 그의 연극 속에서 창조된 캐릭터들의 결연함 때문일 것이다. 『인형의 집』의 노라의 경우, 자신과 영혼 사이의 간극을 자기 내부에서 느낌으로써 주어진 사건이 제시하는 시험을 이겨내는 데 있어 갑자기 존재하는 사회적 간극을 뛰어넘는 일견 무모함을 통해서 극적 완결성을 자아내고 있는 것이다. 이런 의미에서 보자면 현대 연극의 주인공들은 이미 연극의 전제 조건을 체험하고 있는 것이리라.

변호사 헬머의 아내 노라는 남편과 세 아이를 위해서 모든 것을 희생하며 지난 8년간의 결혼생활을 보내 왔다. 남편이 새해에 은행장으로 취임하게 되어 있어 기쁨이 넘치는 크리스마스를 배경으로 이야기는 시작된다. 노라는 남편이 중병에 걸렸을 때 이태리로의 요양을 위해 필요한 자금을 크록슈타트에게서 융통하였는데, 이를 위해 친정아버지의 연대 보증을 받아야 하였으나, 마침 친정아버지의 병환이 위중하여 자신이 대신 서명하는 위증을 범한다. 남편이 총재로 취임할 은행에 몸담고 있었던 크록슈타트는 평소의 불투명한 업무처리로 해임통고를 받게 되고, 이 위증사건을 빌미로 노라에게 자신의 해임을 번복시켜 달라고 요청하게 된다. 이 과정에서 아내의 위증사실을 알게 된 헬머는 이제 껏 노라가 자신과 가족을 위해 얼마나 많은 희생을 해 왔는지에 대한 고려 없이 자신의 체면만을 걱정하게 된다. 이에 노라는 자신의 사랑과 희생에도 불구하고 친정아버지에게서나 남편에게서나 한 사람의 인격체가 아니라 그저 인형과 같은 존재일 뿐이었다는 사실을 깨닫게 된다. 노라가 선택할 수 있는 길은 다음과 같은 그녀의 외침에 잘 나타나 있다. "자기 자신과 밖의 세계를 올바르게 알기 위해서 저는 독립할 필요가 있어요. 그러니까 이제는 더 이상 당신 곁에 머물러 있을 수 없어요." 노라는 이제 문제적 사건이 해결되고 남편이 머물러 줄 것을 염원해도 자신의 삶에 주체적인 인간이 되기 위해서 집을 뛰쳐나오면서 연극은 막을 내린다. 노라의 이러한 결단은 19세기 말 서구에서 신여성의 대명사가 되었으나 1880년 함부르크의 공연에서는 원작과 다르게 조화로운 결말로 각색되어야만 할 정도로 당시로서는 매우 문제적이었다.

슈니츨러의 『꿈의 노벨레』

"당신의 고매한 식견에서 보자면 당신은 그 어느 누구보다도 탁월한 심리 연구자입니다."라고 프로이트는 작가 아르투어 슈니츨러*Arthur Schnitzler*(1862~1931)에게 보내는 편지에서 털어놓은 적이 있다. 프로이트의 동시대인으로서 그와 같이 비엔나를 무대로 살았던 슈니츨러의 문학은 프로이트의 정신분석학에서와 마찬가지로 인과론적 과학만능주의의 그늘에 가려 있던 여러 타부의 모습을 적나라하게 밝혀내고 있다. 슈니츨러의 문학에서는 성적인 충동과 같은 인간 무의식의 측면들이 이성의 제어를 벗어날 수 있다는 점이 여실히 드러난다.

"당신이 여기를 떠날 수 있는 시간이 아직은 남아 있어요. 당신은 이런 곳에 어울리는 사람이 아니에요." 우리에게는 스탠리 큐브릭 감독의 『아이즈 와이드 셧』의 원작으로 유명한 아르투어 슈니츨러의 『꿈의 노벨레』에서 호기심에 집단혼음의식에 잠입한 의사 프리돌린에게 가면을 쓴 낯선 여인은 이렇게 탈출을 종용한다. 프리돌린은 이러한 경고에도 불구하고 결국 정체가 발각될 처지에 놓이고 그 낯선 여인의 희생으로 그곳을 가까스로 빠져나올 수 있었다. 서구 문학사에서는 이러한 집단혼음의식의 장면이 종종 등장한다. 때로는 그것이 사실적이 아니라 몽환적으로 묘사되기도 하고 때로는 - 근자에는 『다빈치 코드』에서 암시되듯이 - 종교적인 의식의 일환으로 읽히기도 한다. 『꿈의 노벨레』(1926)에서는 이러한 성적 타부의 문제가 남편인 프리돌린에게는 실제의 일로서, 부인인 알베르티네에게서는 꿈속에서 일어나고 있다. 사회종교사적 배경을 모른다손 치더라도 『꿈의 노벨레』에서 이야기되는 상황은 평범한 시민의 사회규범에서 보자면 더 이상 들춰내고 싶지 않은 타부의 영역에 속한다. 헛된 발걸음으로 자칫 침범하지 말아야 할 영역을 넘어갔다고 한다면 짐짓 놀란 눈빛으로 발걸음을 되돌리면 그만일 수 있는 타부의 영역이지만 어느 누구도 한번 깨트린 타부를 되돌릴 수 없어 보이는 것이 보다 인간적이랄까.

이런 의미에서 보자면 아르투어 슈니츨러는 세기말의 비엔나 모더니즘을 대표하는 작가로 여겨진다. 비엔나의 전통적인 부르주아 사회가 물려준 사회규범들 사이에서 꽃피울 수 있었던 리버럴한 문화적 풍토가 뿌리째 흔들리고 있다는 시대적 진단은 슈니츨러 문학의 출발점이 되고 있다. 슈니츨러의 문학적 형상들은 특유의 회의적인 아이러니와 심리학적 엄밀성으로 말미암아 동시대의 전형성을 획득하는 데 성공하였던 것이다.

콘래드의 『암흑의 핵심』

에드워드의 사이드의 『문화와 제국주의』는 다음과 같은 헌사로 시작된다.

"피부색이 다르거나 우리보다 코가 약간 낮은 사람들로부터 땅을 빼앗는 것을 의미하는 영토의 정복은 자세히 생각해 보면 그다지 유쾌한 일이 아니다. 그 부정적인 측면에서 건져주는 것은 관념뿐이다. 감상적인 가식이 아니라 관념 말이다. 관념에 대한 이기적이지 않은 관념. 잘 차려놓고 그 앞에 절을 하며 희생양을 바치는 관념 말이다."이는 조셉 콘래드*Joseph Conrad*(1857~1924)의 『암흑의 핵심Heart of darkness』(1899)에서 빌려 온 문장이다. 서구의 우선성과 우월성을 주장하고 폐쇄적인 서구인의 눈으로만 사물을 바라보며 타자의 존재 자체를 부정하려 드는 제국주의적 태도를 이야기하고자 할 때 콘래드의 『암흑의 핵심』은 적절한 본보기가 되고 있다. 이 소설의 줄거리는 화자인 말로우가 템즈 강가에 정박한 어느 상선의 갑판 위에서 들려주는 체험담에 근거하고 있다. 젊은 시절 아프리카 벨기에령 콩고의 어느 회사 소속 기선의 선장으로 취직한 말로우가 우여곡절 끝에 콩고 강 상류의 오지로 가서 커츠*Kurtz*라는 주재원을 데리고 나오는 이야기이다. 검은아프리카 대륙으로 상징되는 '암흑의 핵심'으로의 항해에 대한 이야기를 통해서 화자인 말로우는 궁극적으로는 커츠의 아프리카 경험이 주는 인간적 가치의 상실감을 표현하고 있다. 말로우의 긴박한 이야기 속에서 '암흑'의 세계에 대한 유럽인들의 사명감이 지닌 헛됨과 그러한 헛된 사명감의 정신적 기조를 이루는 정신적 황폐함을 상징화시키는 데 성공한다. 암흑의 대륙에 문명의 빛을 전달한다는 사명감에 투철한 유럽인들의 우월주의적 시각이란 결국은 아프리카인들과 그들의 상아에 대한 유럽인들의 지배와 원시적 암흑대륙에 대한 문명의 지배를 정당화시키기 위한 '관념'에 불과하며, 실제 아프리카의 현실과는 모순적일 수밖에 없다는 것이다. 시베리아의 유배지에서 부모를 연달아 잃고 어려서부터 선원으로 지구의 오지를 수차례 경험할 수 있었던 폴란드 태생의 망명객 콘래드의 성장배경 덕분에 그 자신 제국의 고용인이 되게 한 당대의 식민 상황에 대한 서사적 거리 두기에 기반한 글쓰기를 더욱 용이하게 하였던 것은 아닐까 싶다. 『암흑의 핵심』에서 항해와 모험이라는 모티브로 위장된 19세기 제국주의의 이념이 드러나고 있다면, 베트남 전쟁의 여파로 새로이 그러한 담론이 지배적이던 시절 콘래드의 이 소설은 영화 <지옥의 묵시록>으로 거듭 태어난 바 있다.

III

영혼의 형식

카프카의 『변신』

"*게오르그 잠자Georg Samsa가 어느 날 불안한 꿈에서 깨어났을 때 자신이 흉측한 벌레로 변해 있는 것을 알아차렸다......*"

프란츠 카프카(1883~1924)의 '변신'의 도입부는 독자에게 작가 특유의 기괴함과 엽기적인 상황을 연출해 보여준다. 일상이 버거운 영업사원인 주인공 잠자는 자신이 어느 날 아침 벌레 한 마리로 변해 버린 것을 알아차리고도 우선은 그냥 한숨 늘어지게 자고 싶은 마음뿐이다. 회사에 출근하지 않아도 되겠다는 안도감과 함께.

우리 시대 모든 샐러리맨들이 매일 아침잠에서 깨어나서 한 번쯤 소망하고픈 일상으로부터의 탈출은 20세기 초반 유럽의 변방인 체코프라하에서 살다간 카프카에게도 간절한 소망이었던 것 같다. 평생 자신의 출생지 프라하를 맴돌며, 비록 전업 작가로서의 삶을 영유하고자 갈망함에도 일상적인 직업인의 삶에서 벗어날 수 없었던 카프카가 자신을 옥죄는 사회질서에 대한 반항으로 이런 그로테스크한 '변신'을 이야기하고 있는 터일 것이다.

프란츠 카프카는 1883년 7월 3일 체코의 프라하에서 태어나 1924년 6월 3일 비엔나 교외의 한 결핵 요양소에서 그리 길지는 않지만 세계문학사에 길이 남겨질 생애를 마쳤다. 카프카가 살았던 시절 체코는 오스트리아-헝가리 이중왕국에 속하는 나라였지만, 대다수가 체코어를 사용하는 프라하에서 독일어를 모국어로 살아가는 '마이너리티'의 운명을 타고난 셈이다.

카프카의 문학이 독자에게 주는 낯선 기괴함과 당혹감의 본질은 그의 문학적 형상들이 한편으로는 일상세계에서 일어나고 있는 소외화 과정과, 다른 한편으로는 그 결과 나타나는 주체의 소외되고 왜곡된 자아 사이의 모순을 형상화하고 있다는 데 있다.

흉측한 벌레로 변해 버린 주인공 게오르그 잠자는 지방을 순회하는 외판원 업무로 부모와 여동생을 부양해야 하는 가장이다. 언젠가부터 무위도식하며 잠자를 윽박지르기만 하는 집안의 폭군인 아버지, 그런 아버지의 권위에 꿈쩍 못하는 수동적이기만 한 어머니, 잠자의 장자로서의 의무를 상기시키며 고고한 바이올린 연주취미를 가진 누이동생, 이들은 잠자에게는 더 이상 가족이라기보다는 잠자를 일터로 몰아내고, 그를 노예처럼 부려먹는 기생충 같은 존재들이다.

벌레가 되어 버린 잠자를 다시금 인간으로 환원시키고, 가족을 부양하는 가장의 지위로 되돌릴 수 있는 것은 따스한 가족의 사랑일 터인데, 주인공을 기다리는 것은 질타와 냉소 그리고 무관심일 뿐이다.

일상의 대립적인 긴장과 개인이 겪는 압박과 소외가 마침내 무력한 한 개체를 한 마리의 흉측한 벌레로 '변신' 시키고, 그나마 자신을 알아보지 못하는 아버지가 던진 사과 한 알로 치명상을 입고 쓸쓸히 죽어 가는 게오르그 잠자의 스토리는 현대사회의 분열된 자아의 또 다른 모습일 것이다.

곰브로비치의 『페르디두르케』

　비톨트 곰브로비치(1904~1969)의 『페르디두르케』는 방대하면서도 매우 기괴하고 실없는 소설이다. 폴란드의 지방 귀족 가문 출신의 곰브로비치는 바르샤바 대학에서 법학을 공부하고 파리에서의 짧은 유학생활을 마치고는 변호사 생활을 시작한다. 처음에는 집안의 반대를 무릅쓰고 자유로운 문필가의 삶을 살 수 없었던 듯하다. 틈틈이 글을 쓰기 시작하여 처녀작 『어느 미성숙한 시절의 회고록』(1933)을 발표하고는 내친김에 전업 작가의 길을 걷게 되고 1937년 장편 『페르디두르케』를 완성하여 당시 폴란드의 가장 문제적인 작가의 반열에 오른다. 후에 밀란 쿤데라로부터는 카프카보다 조금도 부족할 것이 없는 작가라는 평가를 받게 되지만 평생 프라하를 떠나지 않았던 카프카와는 달리 곰브로비치는 반평생을 머나먼 이국땅에서 보내야만 했다. 히틀러의 폴란드 침공을 한 달 앞두고 부에노스아이레스행 기선에 몸을 실은 곰브로비치는 연이은 제2차 대전의 발발과 전후 고국 폴란드의 정치적 변화 때문에 어쩔 수 없는 망명을 하게 된다. 24년이 지난 후에야 다시금 유럽 땅을 밟을 수 있었지만 결코 고향에 되돌아가지 못하고 베를린을 거쳐 프랑스 방스에서 마지막 생을 마감하게 된다. 말년의 곰브로비치는 "나는 아무것도 아니었다. 그래서 무엇이든지 할 수 있었다."고 회고한 적이 있는데 이는 『페르디두르케』의 주인공인 유조 코발스키가 세상을 바라보는 시각과 일치한다.

30살의 작가 유조는 어느 날 아침 핌코라는 교사에게 납치되어 '미성숙한' 17세의 고교생으로 되돌려진다. 작가는 이제 어른의 사고력을 갖췄으면서도 어린아이로 취급받는 주인공의 교양과정을 통해 미성숙한 존재들을 끊임없이 지배하고 통제하려는 관습적인 기성세계의 기만성과 폭력성을 들춰낸다. '미성숙'이란 작가에게는 젊음을 뜻하는 것이 아니라 아직 아무것도 아님을 뜻하는 것이며 형식과 관습의 굴레에 아직 덧씌워지지 않은 상태를 의미한다. 소설은 미성숙한 유조의 시각으로 구태의연한 학교제도, 현대의 도시생활, 관습에 얽매인 지방귀족들에 대한 비판을 가하고 있다. 소설의 줄거리는 그로테스크한 희극성과 아나키스트적인 언어유희로 점철된 두서없는 무형식의 이야기에 가깝다. 가령 거대한 엉덩이가 하늘에 둥둥 떠 있고 육체가 해체되어 낯짝들과 장딴지들이 서로 날뛰는 세계의 이야기들이다. 아무것도 아닌 미성숙한 화자는 무엇이든지 말할 수 있었기 때문일까? 그럼에도 중간 중간에 삽입되는 정말 황당무계한 이야기들을 읽노라면 작가는 주어진 현실을 지배하고 통제하려는 관습과 형식의 폭력성을 기존의 문학적 형식을 파괴하면서까지 들춰내려고 하는 듯하다. 이를 위해 자신의 정체성과 특권을 버리는 공상에 골몰하며 시간을 거스르는 여행을 감행하고 자신의 존재를 스스로 지워버리는 시도도 마다하지 않은 것이다.

400쪽이 넘게 전혀 엉뚱한 이야기들만을 내뱉던 '미성숙한' 화자는 다음과 같은 말로 자신의 엉뚱한 이야기를 끝내고 있다.

"이제 끝이다. 트랄랄라.
이 책을 읽는 사람한테 한마디 하자. 제기랄!"

샐린저의 『프래니와 주이』

1953년 헤르만 헤세는 샐린저의 『호밀밭의 파수꾼』(1951)
에서 혐오스럽고 문제적인 동시대를 사랑으로 감싸 안을 수
있는 문학의 가능성을 보았다고 적고 있다. 『황야의 늑대』
(1927)를 읽은 미국 독자들의 편지로 접하게 된 홀든 코필
드의 일탈적 여정에 대한 헤세의 애정과 혜안적인 평가는
후에 1960년대 히피문화로 대변된 젊은이들의 문화에 헤세
의 작품과 함께 『호밀밭의 파수꾼』이 끼친 막대한 영향을
통해 정당화되었다. 『호밀밭의 파수꾼』에서 아버지 세대의
위선을 읽어 내고 더 나아가 베트남전쟁의 부도덕성을 주
창하던 68세대의 전염병과도 같은 젊은 열정이 지나간 후
에도 여전히 전 세계 젊은이들에게 샐린저의 문학은 청춘
의 방황을 치유하는 처방전이 되었다.

『호밀밭의 파수꾼』이 미국사회의 이면에 내재되어 있는 폭력성과 미국 중산층이 지닌 윤리관의 허위와 기만을 10대 소년 홀든 코필드의 3박4일간의 방황을 통해서 질타하고 있다면, 『프래니와 주이』에는 20대 남매 프래니와 주이의 허무적인 일상을 넘어서는 삶의 의미 찾기 과정이 담담하게 묘사된다. 『프래니와 주이』는 원래 ≪뉴요커≫지에 실렸던 단편 「프래니」(1955)와 「주이」(1957)를 함께 묶어서 출간(1961)한 것이나, 샐린저가 여러 다른 단편에서 그려내고 있는 글래스 집안의 7형제들 중 가장 어린 두 남매의 이야기만을 다시금 책으로 묶어 낸 것은 주이가 실은 샐린저 자신의 자전적 모습을 가장 많이 지니고 있기 때문일 것이다. 『호밀밭의 파수꾼』 역시 작가 샐린저의 자전적 이야기를 바탕으로 하여 구상된 것이었으므로, 『프래니와 주이』의 주인공들은 홀든 코필드의 10년 후의 모습인 것이다. 기숙사를 뛰쳐나와 음습한 뉴욕의 뒷골목을 헤매며 온갖 추악한 기성세대의 모습에 진저리를 쳤던 홀든을 다시금 일상으로 회귀하게 만들었던 것이 어린 여동생 피비로 대변되는 주변인과 가까운 것들에 대한 애정이었다면, 이제 20대의 프래니와 주이는 좁은 자아의 틀을 깨고 대승적인 삶의 의미를 찾고자 사회와 화해하는 방법을 찾고자 한다. 집안의 모든 아이들이 한 번씩은 출연했던 라디오의 어린이 프로에 출연하는 주이에게 어느 누가 보지 않더라도 뚱

보 아줌마(Fat Lady)를 위해서 신발을 깨끗하게 닦으라는 죽은 맏형 시모어의 이야기를 통해서 주이는 삶의 의미에 회의하는 여동생 프래니에게 삶이란 그 자체로서 우리가 그것을 그냥 받아들일 나름의 가치가 있다고 말한다. 주어진 삶에 충실하고, 실천적인 삶을 통해 자신의 삶의 의미를 부여해 나가라는 작가의 메시지는 동서양 사상의 인용문들(특히 선불교와 일본의 하이구)을 통해 이 책의 도처에 난해한 메타포로서 나타나 있다.

그러나 정작 샐린저 자신은 영화의 소재(『파인딩 포레스트』)가 될 정도로 평생을 외부와 단절된 은둔자적 삶을 살아가고 있다.

쥐스킨트의 『향수』

파트릭 쥐스킨트의 『향수』는 전후 가장 많이 팔린 독일어 문학작품이다. 30여 개 언어로 번역되어 천만 부가 넘게 팔렸으니 말이다. 『향수』를 읽는 묘미는 18세기 유럽의 풍속도 보는 듯한 느낌과 함께, 빠른 사건전개와 간결한 묘사와 상호 텍스트적 알레고리가 주는 즐거움일 것이다. 그러나 정작 작가인 쥐스킨트에 대해서는 알려진 것이 별로 없다. 『호밀밭의 파수꾼』을 쓴 샐린저와 마찬가지로 대중에 나서기를 싫어하고 사진도 거의 남기지 않았기 때문이다. 우리가 쥐스킨트의 삶의 단면을 짐작할 수 있었던 것은 90년대 중반 <로씨니>라는 영화에 나오는 소심한 작가 빈 디쉬의 모습에서였다. <글루미 썬데이>에서 레스토랑 주인 자보 역을 연기한 요하임 크롤이 세상물정 어두운 작가

빈디쉬, 아니 쥐스킨트의 이미지로 남아 있다. 벙거지를 어정쩡하게 눌러쓰고 자전거를 타고 슈바빙을 질주하는 천진난만한 작가 쥐스킨트, 여전히 사랑에 서툴지만 포도주 한 잔에 촌철살인의 유머를 구가하고 흥에 겨워 피아노 앞에 설 줄 아는 이 '어설픈' 작가의 모습은 비록 영화 속의 모습일지언정 작가의 실제 삶을 가장 잘 묘사해 주고 있다고 한다.

아이러니컬하게도 쥐스킨트의 첫 번째 장편 소설 『향수』에는 작가의 은둔자적 삶이 많이 반영되어 있다. 주인공 그르누이는 사회성이 결여된 고독한 향기의 장인으로 그려지고 있는 것이다. 『향수』는 '어느 살인자의 이야기'라는 부제가 보여주듯이 18세기 프랑스를 배경으로 한 범죄소설의 외피를 두르고 있다. 생선장수인 어머니의 사생아로 태어난 장-바티스트 그루누이는 궁핍한 유년기를 보내지만, 그는 천재적인 후각을 지니고 있었다. 아이러니는 본인은 그 어떤 체취도 없다. 마치 그림자 없는 사람처럼 모든 이들에게 배척을 당한 그루누이는 세상의 모든 냄새를 소유하고 지배하고자 하는 복수심을 불태운다. 아름다운 한 소녀의 체취를 추적하고 그 향기를 담아내기 위해 살인도 서슴지 않는다. 자신의 천재적인 후각을 이용하여 향수장인이 될 것을 결심한 주인공은 25명이나 되는 젊은 여인들을 죽여 그들의 체취를 저장하여 본인의 체취로 위장하려는 시도를 감행한다. 시각의 세계에서는 얼굴을 가리는 가면을 통해서 익명성을 보장하듯이, 냄새의 세계에 살아가는 이들에게는 타인의 체취를 도용한 냄새의 가면이 익명성을 보장할 것이다. 그는 자신이 만든 향수 덕분에 처형을 모면하지만 바로 그의 매혹적인 체취를 갈망하는 한 무리의 군중들에 의해 잡아먹힌다. 동화 같은 황당무계한 이야기가 낯선 공포감을 유발하면서 만들어 내는 그로테스크의 대단원은 다음과 같은 예의 카니발리즘에 대한 정당성 부여로 끝을 맺고 있다. "그들이 사랑에서 비롯된 행동을 하기는 이번이 처음이었던 것이다." 체취라는 일종의 자아정체성을 의도적으로 만들어 낸 인간에 대한 신의 형벌은 타인들의 과도한 육화에의 열망이었던 것 같다.

나보코프의 『롤리타』

러시아 태생의 블라디미르 나보코프(1899~1977)는 혁명 이후 가족과 함께 베를린으로 이주하여 살았다. 캠브리지에서 불문학과 곤충학을 공부하기도 한 나보코프는 1937년 독일을 떠나 1940년까지는 파리에서, 이후에는 미국에 건너가 살았다. 코넬대학에서 여러 해 동안 러시아 문학을 강의하기도 한 나보코프에게 세계적인 명성을 안겨 준 소설 『롤리타』는 1949년에서 1953년 사이에 영어로 집필되었으나 '외설성' 때문에 처음 미국 현지에서는 출판사를 찾을 수 없었다. 결국 이 소설은 파리의 올림피아 출판사에서 처음 발간되고 미국에서의 출간은 그 후 3년 후의 일이다. 미국에서의 출간과 동시에 유래 없는 성공을 거둔 『롤리타』의 서술 방식은 알프레드 되블린의 『베를린 알렉산더 광장』

과 함께 많은 비평가들에게는 포스트모던한 소설의 출발점으로 여겨진다.

'롤리타 신드롬'으로 대변되는 중년의 주인공과 열두 살의 의붓딸 롤리타와의 일종의 '일탈된' 애정행각이 이 소설의 기본 줄거리를 이룬다. 『롤리타』는 프랑스 태생의 불문학자 험버트 험버트가 살인을 저지르고 감옥에서 자신의 강박관념에 대한 이야기를 서술하면서 시작된다. 험버트 험버트라는 기이한 이름은 마치 도플갱어와 같이 두 개의 상반된 정체성이 주인공의 본성에 내재되어 있음을 독자에게 암시하고 있다. 2차 대전 직후 미국의 뉴잉글랜드로 건너온 주인공은 유년기의 사랑을 상기시키는 어린 소녀 돌로레스(로리타) 헤이즈의 모습에 매료되어, 그녀의 곁에 머물 수 있기 위해서 그녀의 어머니 샬로트와 결혼한다. 험버트는 자신의 일기에 롤리타의 일거수일투족을 기록하고 우연히 그 아이와 스치는 모든 순간에 느낀 흥분과 환희를 적어 놓는데, 이 일기를 발견한 샬로트는 험버트에게 어떤 복수를 할 시간도 없이 차에 치여 죽는다. 자신의 숨겨진 욕망과 정열이 탄로 날까 두려운 험버트는 그 길로 롤리타를 태우고 수개월간 미국 전역을 떠돌게 된다. 롤리타는 이제 순진무구한 유혹자이자, 적극적인 희생자가 되고, 험버트는 수동적인 피유혹자 역을 자처하는 부적절한 애정의 도피 행각인 셈이다. 어느 날 롤리타는 중년의 극작가 클레어 퀼

티와 함께 사라지고, 롤리타를 찾으려는 모든 노력이 수포로 돌아가고 3년이 지나서 험버트는 한 통의 편지를 받는다. 결혼하여 임신한 롤리타가 경제적 지원을 요청하는 편지였다. 그토록 갈망하던 롤리타와의 재회에서 험버트는 이제는 다른 남자와 결혼하고 홀몸도 아닌, 무척 곤궁한 모습의 롤리타를 바라보며 자신에게 되돌아올 것을 갈구하지만 거절당한다. 험버트는 자신의 님프를 빼앗아간 퀼티를 찾아가 쏘아 죽이고는 아름다운 풍광의 작은 마을이 내려다보이는 비탈길에 올라가 저 아래에 귀를 기울이며 다음과 같은 독백을 내뱉는다. "나는 알았다, 가망 없이 가슴 아픈 것은 내 곁에 롤리타가 없어서가 아니라, 저 소리들의 어울림 속에 그녀의 음성이 더 이상 들리지 않기 때문임을."

릴케의 『말테의 수기』

1904년 로마에서 쓰기 시작하여 1909년 파리에서 완성시키고 그 이듬해 라이프치히에서 출간한 『말테의 수기』는 시인 릴케가 남긴 단 한 권의 소설이다. 그러나 릴케의 '말테'는 전통적인 소설의 주인공에 비해 너무나 낯선 모습으로 독자에게 다가온다. 이 '소설'의 첫 부분은 여느 일기와 같이 시작한다. "9월 11일, 투리에 거리, 사람들은 살기 위해서 여기에 온다는데, 내 보기에는 오히려 여기서 죽어 가는 것 같다." 그러나 이 소설의 다음과 같은 결말은 처음 시작과는 논리적 연관성이 없어 보인다. "그가 누구인지 어느 누구도 몰랐다. 그를 사랑하기는 무척 어려웠고, 단지 한 존재만이 사랑할 수 있다고 그는 느꼈다. 그러나 그 존재는 아직 그렇게 하려 들지 않았다." 소설의 결말에서는 주인공 말테의 일기 속의 '나'는 '그'로 모두 대치된 것이다. 자아와 초자아, 의식과 무의식, 개체와 사회 사이의 변증법이라는 주제의식은 물론 릴케만의 전유물은 아니나, 전 작품을 관통하는 전체 줄거리 없이 71개의 단락으로 이루어진 『말테의 수기』는 호프만스탈에 의해 주도되고 하임, 무질, 카프카를 거쳐 되블린으로 이어지는 소위 산문혁명기의 정점을 이루는 작품임에 틀림없다.

주인공 말테에 대해서 독자가 알 수 있는 것은, 그가 파리에 온 젊은 덴마크 태생의 시인이며, 나이는 28세이다. 말테는 영락한 귀족가문 태생이지만, 이제는 안주할 곳 없이 이곳저곳으로 방랑하는 사람이다. 그는 낯선 대도시에서 아는 사람도 없고, 물질적 기반도 없이 그저 홀로 내던져져 있다. 작품의 전반부에는 릴케의 파리체험으로 이루어졌는데, 그가 체험하는 파리는 병원과 무료 숙박소, 질병과 죽음, 가난과 비참으로 가득 찬 도시이다. 삶과 죽음의 익명성, 자아의 상실과 소외 등의 표현을 통해서 말테의 실존적 불안이 투영되어 나타난다. 다음 단계에서는 유년기 및 청년기에 대한 회상이 이루어지는데, 현실체험을 결정짓는 것과 동일한 불안과 정체성의 위험들이 이미 말테의 유년기 체험에 내재되어 있음이 드러난다. 소설의 후반부에서는 개인적 체험 공간을 넘어서, 독서체험에 근거한 서구의 역사와 문학 속의 인물들에 대한 에피소드를 나름대로 해석하면서 자신의 현재적 삶의 문제의식과 연관시킨다.

『말테의 수기』는 통일성을 지닌 서술형식에서 벗어나 있으며, 인과적인 줄거리의 연관성이나 완결성도 없고, 이야기의 시작과 끝도 없는 셈이다. 단지 한 고독한 인간이 오로지 자기 자신과 일기쓰기를 통해서 대화를 나누고, 자신의 실존 및 세계 속의 현존의 의미를 찾는 내용으로 이루어져 있다. 따라서 작품 속의 모든 사건은 말테의 내면의 사건이며, 모든 내용은 말테 자신의 내면의 기록이다. 외부 사건은 인과적이 아니며, 외부 현실은 말테의 내면으로 파고 들어온다. 그리고 이 모든 근저에 놓여 있는 것은 말테의 자아탐구와 인간의 존재방식에 대한 성찰이다.

노테봄의 『제의(祭儀)』

　몇 년 전 한국이 주빈국으로 참여한 프랑크푸르트도서전의 경우 매번 주빈국 행사를 통해서 해당국의 문인들이 갑작스런 유명세를 타게 되는 경우가 종종 일어난다. 최근 수년간 해마다 노벨문학상 후보 물망에 올랐던 네덜란드 작가 세스 노테봄의 경우가 가장 전형적으로 프랑크푸르트도서전 주빈국 프리미엄의 실체를 보여준다. 가령 80년대 말에 베를린에서 열린 낭독회에 고작 11명의 청중만이 참여했었다는 일화가 있을 정도로 네덜란드어권을 벗어나서는 그에 대한 관심은 극히 미미한 것이었으나 90년대 초반 네덜란드 문학이 프랑크푸르트도서전을 필두로 국제무대에서 그 진면목을 과시하기 시작하면서 지금은 유럽뿐 아니라 북미대륙에서도 수많은 베스트셀러를 양산하고 있다. 물론 여기에는 비교적 소수언어인 네덜란드어 문학의 묘미를 효율적으로 확산시키는 데 혼신의 노력을 가한 번역지원기관의 역할도 빼놓을 수 없다.

1933년 헤이그 태생의 노테봄은 청년기에 히치하이킹으로 전 유럽을 여행하며 폭넓은 경험을 쌓았고, 이후 저널리스트가 되어 1956년 헝가리 사태나 1968년 파리의 학생시위를 현지에서 직접 보도하게 된다. 1989년 베를린 장벽의 붕괴는 베를린 체류 중에 경험한다. 유럽 현대사의 중대 사건들을 직접 체험하는 과정을 통해서 노테봄은 현재적인 것이 결코 영원한 것이 아니며 현실을 도그마화하려 하는 시도 역시 덧없을 뿐이라는 나름의 현실 인식을 하게 된다. 그의 가장 유명한 소설 『제의(祭儀)』에서는 인간사의 본질적인 면을 무시한 여러 제도와 격식들이란 결국 껍데기뿐인 도그마티즘의 또 다른 모습이고 허상에 지나지 않는다는 점을 설파한다. 따라서 소설의 첫 구절은 자본주의적 화폐경제의 숫자놀림에 불과한 주식지수들에 대한 이야기에서부터 시작하며, 집안의 넉넉한 재산 덕에 백수 한량인 주인공 '이니 빈트롭'은 신문의 오늘의 운세란에 처가 딴 놈하고 눈이 맞아 달아나고 본인은 목을 맬 것이라는 쾌에 나오자 가차 없이 목을 맨다. 그러나 어쩐 일인지 그는 다시 살아나고 이제부터는 도시의 사람들의 양태를 유심히 바라보게 된다. 모두들 나름으로 일상의 카오스에서 삶의 의미를 찾으려고 몸부림치고 결국에는 모든 실패한 인생을 살아간다는 것을 깨달은 이니 빈트롭은 삶의 의미를 여인네들과의 사랑에서만 찾고자 한다. 그의 친구 아놀드 타츠는 이기적인 가족들과의 마찰로 인간에 대해 적대감을 품고 수도원에 결리생활을 하던 중 알프스에서 얼어 죽는다. 한편 일본의 다도에 과도하게 심취된 예술가 필립과도 친교하게 되는데, 필립은 자신만의 특별한 다례를 치를 수 있는 특별한 다기를 수년간에 걸쳐 찾고 있다. 필립은 공들여 찾은 다기로 특별한 다례를 거행하고는 이제 더 이상 삶의 의미를 찾을 수 없다. 그는 물에 빠져 죽고 사람들은 그의 방에서 박살난 다기를 발견한다. 극단적인 두 사건으로 주인공은 인간사의 제의들이란 결국 도그마적 사고에 외연을 입힌 것뿐이라는 깨달음으로 삶과 화해를 시도한다.

마라이의 『열정』

어린 시절 단짝 친구를 수십 년 만에 다시 만난다면 무슨 이야기를 나눌 수 있을까. 시간의 장벽이 드리운 어두운 망각의 그림자를 걷어내고 과연 지난날의 진실을 말할 수 있을까. 헝가리 태생의 산도르 마라이의 문학 세계는 그가 조국을 등지고 서방세계로 망명한 이후 철저하게 외면당했다. 1942년에 출간된 그의 대표작 『열정』이 1998년 이태리에서 재출간되고 베스트셀러의 반열에 오르내리기까지는 어느 누구 하나 그에 대한 기억을 들춰내고 싶지 않았던 듯하다. 잊혔던 마라이의 성가를 되찾게 해 준 『열정』은 공교롭게도 배반당한 우정과 사랑에 대한 잊힌 기억의 재구성에 관한 이야기이다. 이야기의 무대는 1940년 여름 헝가리의 어느 외딴 성채, 70대 중반의 퇴역 장군인 집주인 헨릭은 어느 날 편지 한 장을 받는다. 유소년 사관학교 시절부터 24년간을 형제처럼 지냈던 콘라드의 전갈이었다. 그토록 오랜 우정을 쌓았건만 43년 전 어느 날 밤 온다 간다 한 마디 없이 종적을 감췄던 친구 콘라드가 헨릭을 찾아오면서 하룻밤 동안의 만남을 갖는 동안에 헨릭은 끝없는 독백을 통해서 과거에 대한 기억을 재구성하고 그날 밤의 진실을 반추해 낸다. 폴란드의 그리 유복하지 못한 하급관리 집안 태생의 콘라드는 방학이면 유복한 헨릭의 집에서 기거할 정도 마치 형제와도 같은 우정을 나눈다. 헨릭의 집안은 대대로 오스트리아 – 헝가리 이중왕국의 헝가리 근위장교 집안이었으며, 선천적으로 허약하였으나 강인한 집안 내력을 지닌 헨릭과 달리 콘라드는 예민한 감수성의 소유자였기에 결코 훌륭한 군인이 될 성싶지는 않았다. 둘 사이의 우정은 어느 날 사냥을 돌아온 다음 날 콘라드가 종적을 감추면서 끝이 나고 말았다. 41년 43일 만에 저녁 식탁을 마주하고 앉은 두 사람은 이제 그들의 우정의 종말에 대한 진실을 해명해야 할 터이다. 콘라드가 헨릭의 부인인 크리스티나와 부정을 저질렀던가? 헨릭은 사냥터에서 콘라드를 살해하려 했었던가? 두 사람의 부정에 대해서 헨릭은 확신을 가지고 있었고 다만 크리스티나가 살해 계획을 감지하고 있었나를 알고 싶을 뿐이다. 진실에 대한 해명 대신에 소설은 헨릭의 끝없는 독백만을 보여주며 콘라드는 할 말이 그리 많아 보이지 않는다. 배반당한 우정과 사랑 그리고 복수의 심회가 한없이 나열되고 결국은 진실의 해명은 무의미해 보인다. 두 사람이 동시에 사랑했던 그 여인은 이미 수십 년 전에 이 세상을 떠났으며, 두 사람은 각기 자기의 방식으로 그 여인의 사랑을 배반하였지 않았던가. 주인공은 과거에 대한 기억의 재구성을 통해서 다음과 같은 진실을 깨닫게 된다. '우리 두 사람은 그녀에게서 달아났으며 살아남는 것으로 그녀를 배반했지.' 한편 동구권이 붕괴되고 조국의 독자들이 잊혔던 자신의 작품을 다시 기억해 낼 즈음 조국을 달아나서 살아남았던 망명 작가 마라이는 망명지 산디에고에서 권총 자살을 한다.

사르트르의 『구토』

매일 그날에 일어난 사실들을 빠짐없이 일기에 빼곡히 적는 사람이 있다고 하자. 아무리 사소한 일들이라도 빼놓지 않고 그 사안의 뉘앙스까지 살려서 일기에 기록하고자 하는 열망이 있다면 경우에 따라서는 과장하거나 진실을 억지로 둘러대는 위험성을 낳기도 할 것이다. 나를 둘러싼 일들에 대해서 무어라고 딱히 형용할 수 없는 느낌을 가질 때도 있을 것이고 말이다. 사르트르(Jean Paul Sartre 1905~1980)의 초기작 『구토』는 사회에 유리된 외톨백이 주인공의 일기에 비친 인간 실존의 문제성과 그 예술적 극복 가능성에 대한 이야기이다. 주변인들과 외부세계에 대해 느끼는 이유 없는 역겨움 때문에 주인공 앙트완느 로캉탱은 시시콜콜한 일기를 적어 내려간다. 체류 중인 지방도시 부빌

르의 부르주아적 문화에 대해 점차 조롱 섞인 거리두기를 하게 되는 주인공에게 다음과 같이 이유 없는 구토증의 경험이 심중에 자리잡고 있다. '이제 알아차릴 것 같다. 지난 날 내가 해변에서 그 조약돌을 손에 들고 있었을 때 느꼈던 것이 또렷하게 기억난다. 일종의 달콤한 구토증이었다. 그 얼마나 불쾌하였던가! 그건 조약돌 탓이었어. 확실히 그것은 조약돌에서 손아귀로 옮겨졌었다. 그래 그것이야. 바로 그것이다. 손아귀에 담긴 일종의 구토증.' 주인공은 인간의 감각을 통해서 존재의 이유를 찾고 있는 것일까. 조약돌을 쥐고 '구토'를 느끼고, 파이프나 포크를 잡는 손을 통해서 다시금 역겨움을 느낀다. 사물과 타인의 존재를 인식할 뿐 아니라 자기 존재의 무상성을 깨달았을 때마다 이 '구토'의 감정은 발생한다. 실존의 무의미성에 대한 회의적 통찰만이 주인공의 시시콜콜한 일기쓰기를 정당화시키고 있을 뿐이다. 주인공은 프랑스혁명기에 이중첩자였던 룰르봉 후작이라는 인물에 대한 조사 작업을 수행한다. 역사적인 한 인물의 행적을 통해 과거와 현재 그리고 실존의 문제를 연구하기 위해서이다. 그는 가끔 카페의 여자와 만나 생리적인 욕구를 풀지만 외부와 단절된 생활을 하는 인물이다. 그의 이유 없는 '구토'를 가라앉히는 유일한 것은 재즈 음악뿐이다. 실존적 회의에 빠져 절망하던 어느 날 저녁, 로캉캥은 심한 구토감을 느끼고 공원으로 달려가 벤치에 앉는다. 벤치 옆에 서 있는 마로니에 뿌리를 보며 사색에 잠기고 마침내 구토의 정체를 알게 된다. 마로니에 나무는 본질을 드러내려 애쓰지 않고 서 있는 것만으로도 실존한다. 실존이 본질에 앞선다는 사실에 대한 발견인 것이다. 로캉탱은 룰르봉에 대한 연구를 포기하고 파리로 돌아가기로 결심하고 카페에서 마지막으로 재즈의 선율을 감상한다. 그리고는 결심한다. 글을 쓰는 것만이 재즈 음악가처럼 존재의 부조리나 절망을 극복할 수 있을 것이며 그것만이 자신의 유일한 희망이라고.

일기의 마지막은 다음과 같은 포부로 끝맺고 있다. "한 권의 책. 물론 처음에는 지루하고 피곤한 일일 것이다. 그리고 존재하는 것도, 또 내가 존재한다고 느끼는 것도 그로 인해 없어지지는 않을 것이다. 그러나 한 권의 책이 완성되고, 내 뒤에 그것이 남을 때가 반드시 올 것이다."

피츠제럴드의 『위대한 개츠비』

프랜시스 스콧 피츠제럴드(1896∼1940)의 소설을 읽는다는 것은 1920년대 미국사회에 대한 풍속화를 바라보는 것과 같다. 돈과 섹스 그리고 파티와 사치에도 불구하고 떨쳐버릴 수 없는 권태감이 불러일으키는 우울증에 빠진 상류층, 서슬파란 금주법에도 불구하고 지겹게 반복하는 일상성을 음성적인 알코올 소비로 상쇄하려는 일반대중들, 주류밀매로 한몫 챙겨 상류층으로 상승을 도모하는 약삭빠른 부류들, 제1차 세계대전 후 목표 없이 방황하면서 자기 존재의 의미에 대해 깊이 생각하기보다는 술과 파티에 절어 무감각하게 살아가는 뿌리 뽑힌 젊은 지성인들의 모습들 속에서 일견 '재즈의 시대'로 일컬어지는 20세기 초반 미국의 이상주의와 낭만적 환상의 마지막 임종 사진을 보게 된다. 내재적인 부조리와 후에 경제공황을 잉태하는 상호 모순적인 아메리칸 드림의 환각 속에서 허우적대는 '로스트 제너레이션'의 인간 군상의 모습에는 돈과 사랑, 신의와 배반 사이의 갈등 속에서 자기 파멸로 치닫는 프로타고니스트의 운명에 대한 관심이 아마도 작가에게 『위대한 개츠비 (1925)』를 집필하게 한 동기로 작용했을 것이다. 이미 20대 초반에 유명 작가의 반열에 오른 피츠제럴드가 28세 되던 해 프랑스의 리비에라 해변에서 집필하기 시작한 『위대한 개츠비』의 이야기는 가난한 청년은 부유한 여자와 결혼할 수 없는가에 대한 문제의식에서 출발한다. 가난한 중서부 출신의 개츠비는 제1차 대전에 참전하게 되고 연인 데이지가 이미 부유한 톰의 아내가 되어 있음을 알고는 첫사랑을 다시 되찾기 위해서 온갖 수단 방법을 가리지 않고 많은 재산을 모은다. 이제 개츠비는 벌어들인 재산을 한 가지 목적만을 위해서 사용한다. 이제 다시 그녀를 차지하고자 한다. 옛 연인의 이웃으로 이사를 오고 오직 그녀만을 염두에 두고 호화롭고 성대한 파티를 계속적으로 연다. 옛 연인의 환심을 되돌리게 되었지만, 데이지는 톰의 정부 머틀을 차 사고로 살해하게 되고 머틀의 남편은 개츠비를 범인으로 오해하여 그를 살해하고 만다. 소설에서는 개츠비의 이상적인 낭만의 세계와 그를 둘러싼 지극히 가식적인 세계 사이를 연결하는 중재자이자 소설의 화자로서는 데이지의 먼

친척뻘인 닉이 충실하게 그 임무를 다하고 있다. 꿈과 환상을 간직하고 그것을 좇아 온갖 희생을 무릅쓰고 결국 자신의 파멸로 나아간 개츠비의 인생은 그럼에도 '위대'하다. 이상이 가식으로 대치되고 신의가 돈에 팔리는 시대와 너무나 동떨어진 이상에 스스로 파멸해 간 개츠비의 짧은 삶에 대해서 닉은 다음과 같이 평가하고 있다.

"결국 개츠비는 옳았다. 내가 잠시나마 인간의 짧은 슬픔이나 숨 가쁜 환희에 대해 흥미를 잃어버렸던 것은 개츠비를 희생물로 이용한 것들, 개츠비의 꿈이 지나간 자리에 떠도는 더러운 먼지 때문이었다."

프리쉬의 『호모 파버』

막스 프리쉬*Max Frisch*(1911~1991)의 소설 『호모 파버*Homo Faber*』(1957) 속의 주인공 발터 파버는 숙명이나 운명 따윈 믿지 않으며, 이성과 논리로써만 세상사를 파악하려는 사람 이다. 취리히 공대를 졸업한 엔지니어인 발터는 예술이나 문학에는 전혀 관심이 없고 심지어 루브르박물관 같은 곳 에도 아무런 흥미를 느끼지 못하는 사람이다. 이러한 그를 옛 애인은 '호모 파버'(라틴어로 기계 인간)라고 부르길 주 저하지 않았었다. 발터가 표방하는 기술 우월주의적 사고는 다음과 같이 기계 예찬이 되기도 한다.

"기계에는 체험의 기능이 없으며, 공포나 희망의 감정이 없다는 사실이다. 오히려 그런 것은 방해가 될 뿐이다. 결 과에 대한 소망도 없다. 기계는 개연성의 논리에 따라 작업 할 뿐이다. 그러므로 로봇의 인식력은 인간보다 더 정확하며, 인간보다 미래를 더 잘 진단할 수 있다는 게 내 생각이다. 왜냐하면 로봇은 미래를 계산함에 있어 투기를 한다거나 꿈을 꾸는 게 아니라, 스스로의 해답에 의거해서 결론을 도출하며(피드백) 실수를 허용하지 않기 때문이다. 로봇에게는 예감 같은 것은 필요 없으니까."

확률과 개연성의 논리를 신봉하는 발터 파버의 믿음과는 달리 세상사는 우연과 숙명이 뒤엉켜 '비논리적'으로 돌아가는 일연의 사건들의 연속이다. 확률상 희박한 비행기 불시착을 경험하게 되고, 이웃 승객이 바로 학창시절 친구의 동생이라는 사실도 우연적이다. 유럽행 여객선에서 옛 애인 한나가 자기 몰래 낳은 친딸을 우연히 만나서 이태리로의 여행을 떠나게 되는 것도 확률의 논리로는 도저히 설명할 수 없는 일이다. 우연히 만난 엘리자베트와의 관계는 자신의 친딸일지도 모른다는 염려에도 애정으로 발전하고, 결국 엘리자베트와의 사랑은 그녀가 독사에 물림으로써 그 끝을 맺게 된다. 마치 외디푸스를 연상하게 하는 엘리자베트와의 사랑은 파멸의 전주곡이었다. 숙명을 간과한 발터 파버의 태도를 숙명은 용서하지 않는다. 발터의 일상은 파괴된 삶으로 대체되고, 엘리자베트는 죽는다. 발터는 위암으로 병원에 입원하여 수술을 기다린다. 발터는 아마 위암을 극복하지 못할 것이다. 통계적인 설명으로 자신의 종말을 보고하는 파버의 이야기는 현대판 외디프스 비극으로서 고도의 물질문명과 기계문명에 대한 비판이 되고 있다.

마리아스의 『너무도 하얀 마음』

신혼여행에서 갓 돌아온 신부가 신혼여행 가방을 채 풀기도 전에 아무런 연유도 없이 관자놀이에 권총을 쏘아 자살을 감행하는 쇼킹한 장면으로 하비에르 마리아스*Javier Marías*-(1951~)의 소설 『너무도 하얀 마음*Corazón tan blanco*』은 시작한다. 하루아침에 마리아스를 생존 스페인 작가 중 가장 많이 읽히는 작가로 만든 이 소설의 집필 동기는 실제로 이렇게 자살한 어머니의 사촌의 이야기에서 취했다고 한다.

그러나 그를 하루아침에 당대 최고의 작가로 만들어 준 소설 『너무도 하얀 마음』이 1992년 출간되기 이전에는 마리아스는 작가라기보다는 번역가로 이름이 알려져 있었다. 로렌스 스턴의 『트리스트람 샌디』의 번역으로 스페인 유수의 번역상을 수상하기도 한 마리아스는 미국과 영국의 대학에서 스페인 문학을 강의하기도 하였다. 마리아스의 아버지는 프랑코 독재정권에 저항하였던 철학자였기에 수차례의 투옥과 강의금지조치를 당하기에 이르러서 한동안 미국 동부의 대학에 머물러야 했다. 따라서 마드리드 태생의 마리아스 역시 한동안 미국에서 유년기를 보낸다. 귀향 후 대학에서 문학과 철학을 공부한 마리아스의 문학세계는 스페인 문단에서는 너무나 영국적이라는 평가를 받기도 한다. 그의 문학에서 자주 다루어지는 주제는 일상에서 함몰되는 사랑과 위선의 문제이며, 그의 문체는 수많은 고전들의 인용을 적절히 활용한 인터텍스트적 글쓰기를 특징으로 한다.

소설은 신혼여행에서 갓 돌아온 테레사가 갑자기 쇼킹한 자살을 감행하는 장면으로 시작하여, 이제는 테레사의 자살 사건은 이미 모두 잊어지고 수십 년이 지나고 죽은 테레사의 남편 란츠가 테레사의 여동생 후안나와 다시 결혼하여 낳은 후안의 신혼여행 이야기로 넘어간다. 후안은 여행지에서 옆방 연인의 대화를 엿듣게 되는데, 유부남을 사랑하는 여인은 그에게 부인을 살해하라고 강요하는 내용이었다. 동시통역사로서 언어의 섬세한 뉘앙스와 화자의 심리상태에 대한 능통한 후안은 우연하게 들은 이 대화를 통해서 테레사의 죽음에 대한 의구심을 떨쳐 버릴 수 없게 된다. 아버지 란츠가 테레사와 결혼하기 전에 이미 다른 여인과 결혼한 적이 있었다는 사실을 후안은 파헤쳐 내고, 후안의 신부

루이자는 란츠에게서 사건의 진실을 듣게 된다. 란츠는 테레사와 결혼을 하기 위해서 자신의 첫 번째 부인을 살해하였고, 신혼여행에서 이러한 엄청난 사실을 알게 된 테레사는 목숨을 끊을 수밖에 없었던 것이다.

소설의 제목 『너무도 하얀 마음』은 셰익스피어의 『맥베스』에서 인용한 것인데, 국왕의 살해를 도모한 맥베스의 부인이 말하는 "나의 두 손은 너의 손과 마찬가지로 피로 얼룩져 있지만, 나의 마음은 너무도 하얀 것이 부끄럽기만 하네."라는 문구에서 가져온 것이다.

와일드의 『도리언 그레이의 초상』

19세기 말 영국 문단의 기린아였으며 사교계의 총아였던 오스카 와일드*Oscar Fingall O'Flaherite Wills Wilde*(1854~1900)는 모더니즘 계열의 선구적인 작가들 중에서 가장 논란이 많은 작가일 것이다. 영국문학사에 깊은 족적을 남긴 수많은 아일랜드 태생의 작가들 중의 한 사람으로서뿐 아니라 당대의 윤리의식의 피해자로서 자처하기를 마다하지 않았던 오스카 와일드는 저명한 의사 아버지와 명망 있는 저술가 어머니 사이에 더블린에서 태어나 더블린과 옥스퍼드에서 수학하고 1879년 이후 런던에서 댄디의 삶을 영위할 수 있었다. 일련의 초기 저작들에 대한 지대한 자신감과 더불어 타고난 영민함과 신랄함으로 무장한 오스카 와일드의 문학적 삶과 1884년 결혼한 두 아이의 아버지로서의 일상적인 삶은 1895년 이후 비극적이 되었다. 오랜 동성애 친구의 아버지로부터 고발당하여 2년 형을 마치고 출감하였을 때 오스카 와일드는 이제 사회적·경제적으로뿐 아니라 이미 인간적으로 망가질 대로 망가진 상태였다. 리하르트 슈트라우스의 오페라로 유명한 『살로메』(1891)를 불어로 출간하기도 하였던 오스카 와일드는 프랑스로 건너가지만 그곳에서의 최후 몇 년은 영국에서의 감옥 생활보다도 더 비참했다고 전해진다. 후대의 사람들은 오스카 와일드가 만든 최고의 비극은 바로 그 자신의 생애였다 말한다. 그의 삶은 마치 그리스 비극에 견줄 만한 5막의 전통적인 비극이었고 그 비극의 가장 열렬한 관객은 바로 오스카 와일드 그 자신뿐이었다는 것이다.

오스카 와일드의 유일한 장편 소설인 『도리언 그레이의 초상The picture of Dorian Grey』(1890)은 영국문학 전통의 고딕 소설이 지닌 낭만적 요소를 많이 지니고 있다. 도플갱어, 악마와의 계약, 마법의 주술과 같은 요소들이 작가의 자전적 경험과 극도의 심미주의와 결합하여 상징주의적이며 알고레고리적인 현대의 초상을 그려 내고 있다.

명망 있는 화가 베질 홀워드Basil Halward는 귀족의 후손인 미남 청년 도리언 그레이의 생생한 초상화를 그리는데, 홀워드의 친구인 헨리 워튼 경Lord Hery Wotton은 도리언을 관능적 향락과 죄악으로 이끌게 된다. 도리언은 영원한 젊음과 아름다움을 염원하고, 도리언의 육신 대신에 초상화 속의 인물상이 세월의 흐름과 타락의 흔적을 고스란히 나타내며 날로 흉악한 모습으로 변해 간다. 이 점에서 『파우스트』와 소재 면에서뿐만 아니라 인물배치에 있어서도 많은 유사성을 지니고 있다. 헨리 워튼 경과 도리언의 관계는 메피스토와 파우스트의 관계와 같다. 뿐만 아니라 시빌 베인Sibyl Vane에 대한 도리언의 사랑과 그녀의 불행한 종말 역시 『파우스트』 속의 그레트헨 비극을 닮았다. 도리언은 홀워드를 살해하기까지 하고, 종국에는 자신의 초상화를 칼로 찢고 이로 인해 자신도 죽음에 이르게 된다는 줄거리는 오스카 와일드의 개인사를 떠올리게 한다.

"홀워드는 내가 나라고 믿고 싶은 인물이며, 워튼 경은 세상 사람들이 나라고 여기는 인물일 것이며, 내가 기꺼이 언제고 그렇게 되고 싶은 인물은 바로 도리언일 것이다."라고 오스카 와일드는 언급한 바 있다.

폴 오스터의 『뉴욕 3부작』

　'작가의 죽음'을 이야기하는 포스트모던 문학담론을 뒤쫓다 보면 역설적으로 작가란 어쩌면 거대한 픽션의 세계 속에, 즉 소설의 세계 안에 실재로 살고 있는 것은 아닐까 하는 생각을 하게 된다. 픽션의 세계 밖에서 군림하듯이 모든 것을 통제하고 지시하던 '작가'는 더 이상 존재하지 않으며, 우리는 스토리텔링이 만들어 놓은 허구의 세계 속에 정주한 작가의 모습을 종종 만나게 된다. 가령 폴 오스터의 소설 『뉴욕 3부작』에서는 작가가 극 중 인물의 한 사람으로 등장하고 있다. 『뉴욕 3부작』의 첫 번째 소설인 『유리의 도시』에서 탐정소설을 쓰는 작가 다니엘 퀸은 폴 오스터를 찾는 잘못 걸려온 전화로 인해 사건에 휘말리게 된다. 전화선 너머의 수화기에선 폴 오스터라는 탐정을 간절하게 찾고 있어, 주인공 퀸은 폴 오스터의 역할을 떠맡게 되는데, 폴 오스터에 의해 쓰인 소설 속의 주인공이 폴 오스터를 찾는 전화를 받고 작가가 아닌 탐정 폴 오스터의 역할을 하게 된다. 그러나 전화번호부에서 찾아낸 진짜 폴 오스터라는 인물은 탐정과는 거리가 먼 이름 없는 작가이다. 작가는 더 이상 픽션을 창조하는 존재가 아니라 픽션의 세계 속에 살아가는 주변 인물에 불과하다. 작가와 소설의 화자, 소설 속의 등장인물들이 모두 한 공간에 어울려 살아가고 있는 셈이다. 따라서 화자가 이야기하는 것은 함께 살고 있는 픽션의 세계들에 대한 리얼리티를 재생산하는 역설이 되고 있는 것은 아닌가 싶다. 더 이상 읽히는 세계와 살아가는 세계의 차이가 존재하지 않는다는 인식이 폴 오스터 소설의 공간적 전제가 되고 있다.

폴 오스터는 뉴저지의 오스트리아계 유대인 이민 가정에서 태어나 대학 졸업 후 잠시 프랑스와 유럽을 둘러본 경우를 제외하고는 줄곧 뉴욕에서 살고 있으며, 그의 소설에는 마치 우디 알렌과 비견할 만하게 숱한 뉴욕의 거리명과 골목 풍경들이 세세하게 이야기된다. 뉴욕은 무진장 널려 있는 공간이자 한없이 걸을 수 있는 미궁이라고 소설 속의 주인공은 이야기한다. 주인공은 그 미궁과도 같은 뉴욕의 거리들을 한없이 걷는다. 무엇인가를 찾아서가 아니라 특정 장소에 도착하기 위해서가 아니라 그저 방황하고 배회하는 것뿐이다.

그러나 퀸에 의해서 감시당하는 피터 스틸만이 하루 종일 시내를 걸으면서 하루하루 만들어 내는 글자들처럼 결국 방황과 배회의 흔적은 삶의 리얼리티를 형상화시킨다.

뒤라스의 『연인』

마르그리뜨 뒤라스(Marguerite Duras, 1914~1996)는 전후 프랑스 문학사에서 가장 문제적인 여류작가들 중 한 사람일 터이다. 프랑스령 인도차이나 태생의 뒤라스는 식민지에서 보낸 유년기의 기억과 프랑스에서의 제2차 세계대전의 체험을 특유의 자서전인 글쓰기를 통해서 재구성해 내고 있다. 그녀의 자서전적 글쓰기의 중심적 주제는 이루지못한 사랑과 죽음의 문제이며, 『히로시마 내사랑*Hiroshima mon amour*』(1960)과 『연인*L'amant*』(1984)과 같이 원작의 영화적인 성공이 그의 국제적 성가를 높여 주었다. 반복된 알코올 중독 치료와 여러 차례에 걸친 입원으로 점철된 말년의 뒤라스의 문학적 삶은 그녀의 가장 주요한 작품인 『연인』 속의 화자의 모습으로 재탄생하고 있다. 세파와 알코올이 남긴 깊게 패인 주름과 허연 백발의 이름 없는 화자가 담담하게 이야기하는 50여 년 전 유년기의 기억은 시간적으로 뿐만 아니라 공간적으로도 너무나 낯설다. 화자는 메콩 강을 도하하는 페리 위에서 흐르는 메콩 강을 주시하는 자신의 유년기적 모습을 그려 내고 있다. 자서전을 쓴다는 것은 과거사를 객관적으로 재구성하는 것만이 아닐 것이다. 오히려 현재의 관점에서 주관적으로 재해석하는 작업인 것이다. 이제 갓 15세를 넘긴 페리 위의 소녀는 어머니가 물려준 소매 없는 생사 원피스와 처음 신어 보는 뾰족구두, 그리고 챙 달린 남성 중절모를 쓴 모습으로 그려진다. 그 시대에 식민지에서 어떤 여성도 그런 남성 모자를 쓰지 않는다고 말하는 화자는 뾰족구두와 다 해져 가는 생사 원피스와 마찬가지로 이 남성 중절모가 자신의 유년기의 기억에서 어떤 모순적인 모습을 보여준다고 천연덕스럽게 이야기를 끌어간다. 화자의 유년기의 모습이 주는 일탈적인 형상은 화자가 '유년기의 오점'이라고 말하고자 하는 식민지의 화교 청년과의 이룰 수 없는 사랑과 무조건적인 성적 탐닉의 스토리를 내포하고 있다. 소매 없는 생사 원피스, 뾰족구두로 상징되는 어른이 되고자 하는 15세 소녀의 도강(渡江)은 소녀의 세계에서 어른들의 세계로 넘어가는 소녀의 열망을 표현하고 있을 터이며, 남성 중절모로 이해되는 남성에 대한 관심은 뾰족구두와는 지극히 어울리지 않는 모습을 보여준다. 어울리지 않는 만남을 접고 프랑스로 돌아가게 된 소녀는 12살 많은 중국 청년을 진정 사랑했음을 깨닫고 그를 잊기 위해 글쓰기를 시작하고, 수십 년의 세월이 지나서 그의 전화를 받게 된다. 여전히 그녀를 사랑하며, 죽을 때까지 사랑하고 있다는.

스카르메타의 『네루다의 우편배달부』

안토니오 스카르메타*Antonio Skármeta*(1940. 11. 7.~)의 소설 『네루다의 우편배달부*El cartero de Neruda*』(1985)는 칠레의 국민 시인 파블로 네루다*Pablo Neruda*(1904. 7. 12.~1973. 9. 23.)에 대한 오마쥬일 뿐 아니라 군부독재의 궁핍한 시대를 이겨 낸 칠레 민중들에 대한 지대한 경의의 메타포로 읽혀야 할 것이다. 소설은 작가 스카르메타로 이해되는 화자가 프롤로그와 에필로그에서 소설의 주인공 격이라고 할 만한 네루다의 우편배달부 마리오 히메니스의 존재에 대한 회상을 시도하는 부분이 놓여 있어서 일종의 격자 소설 형식을 이룬다. 이를 통해서 아마도 스카르메타는 노벨문학상을 수상한 위대한 네루다의 이야기가 아니라 네루다의 시에 매료되어 세상을 다른 눈으로 바라볼 수 있었던 수많은 이름 없는 칠레 민중들의 이야기를 써 내려가고자 한다는 것을 알리고 싶었을 것이다.

　소설은 1969년과 1973년 사이 칠레의 작은 해안 마을을 무대로 한다. 아버지를 따라 고기잡이를 하던 젊은 주인공 마리오 히메네스는 고기잡이에 더 이상 재미를 못 붙이던 찰나에 그럴 바에는 나가서 다른 일을 찾으라는 아버지의 성화에 시내에 나갔다가 우연히 이슬라 네그라라는 외딴 마을에 정주한 시인 네루다에게 오는 편지를 전담하는 우체부가 된다. 매일매일 우편물을 배달하며 마리오는 위대한 시인 네루다와 친구가 되고, 네루다는 마리오가 시와 메타포에 친숙하게 도와준다. 마리오는 네루다의 시구들을 암송하며 동네 과부 주점의 딸인 베아트리스의 마음을 사로잡게 된다. 베아트리스의 어머니가 두 사람의 만남을 반대하였으나, 모든 이들이 1970년 9월 4일 살바도르 아옌데의 대통령 당선을 축하하던 날 밤 두 사람은 서로의 사랑을 확인하기에 이른다. 베아트리스의 어머니는 결국 두 손을 들고, 네루다는 두 사람의 결혼 증인이 되고 태어날 아이의 대부가 된다. 마리오와 베아트리스의 결혼 피로연을 뒤로하고 네루다는 새로 출범한 아옌데 정권의 프랑스 대사로 길을 떠나게 되고, 마리오는 네루다 전담 우체부로서의 일자리가 위태롭게 되고 장모의 주방에서 일을 하며 태어난 아들을 바라보며 후에 '파블로 네프탈리 히메네스 곤잘레스

의 연필 초상'이라는 시를 일간지에 응모하며 시인의 꿈을
키우게 된다. 1971년 네루다는 노벨문학상을 수상하고, "여
명이 밝아올 때 불타는 인내로 무장하고 우리는 찬란한 도
시들로 입성하리라."라는 랭보의 시로써 수상 연설을 하게
된다. 마리오는 네루다를 위해 이슬라 네그라의 파도와 바
람 소리를 녹음해 보낸다. 이후 소설은 병든 네루다의 귀환
과 보수진영의 사보타지와 물자란에 대한 언급, 1973년 9
월 11일의 군사 쿠데타, 9월 23일 네루다의 죽음과 장례식,
마리오의 연행 장면으로 끝을 맺는다. 피노체트의 군사독재
가 언제 끝날지 알 수 없는 상황에서 베를린의 망명지에서
집필하였던 이 소설의 처음 제목은 『불타는 인내*Ardiente pac-
iencia*』였다.

IV

시대의 우울

안토니오 타부키의 『페레이라가 설명하기를』

이야기의 무대는 1938년 여름 군사독재 치하의 포르투갈 리스본.

가톨릭계 석간 리스보아지(誌)의 문화란을 새로이 맡은 페레이라는 문학사에 길이 남을 중요 문인들의 추도문 연재를 기획하고, 이를 맡아 줄 필자로 젊은 철학도 몬테이로 로씨를 촉탁한다. 페레이라는 삶의 의미를 마치 단지 단골 식당에서 매일 즐기는 한 접시의 오믈렛과 한 잔의 레모나드에서 찾고 있는 듯한 매사에 따분한 50대 후반의 홀아비이다. 그는 시대를 옥죄는 군사독재의 부조리나 이웃나라 스페인의 내전 따위에 관심 기울이기보다는 먼저 세상을 뜬 아내의 사진을 바라보며 과거를 추억하는 데서 삶의 위안을 찾는 타입의 인간이었다. 그러나 몬테이로 로씨의 추도문은 페레이라의 비정치적인 일상성을 깨뜨리기에 충분한 것이었다. 로씨는 독재정권의 하수인에 의해 살해된 스페인 작가 페데리코 가리아 로르카 *Ferderico Garia Lorca*(1898~1936)의 죽음에 대한 추도문을 기획한다. 내용상 도저히 신문검열을 통과할 수 없는 내용이었다. 로씨의 계속적인 기고문들 역시 그 정치성 때문에 리스보아지(誌)의 문예란에 연재될 수 없는 사실을 알고도 페레이라는 원고들을 받아서 신문에 게재하지 않고 자신의 책상 서랍 속에 넣어 두지만 원고료는 계속적으로 지급한다. 이제껏 아무 탈 없이 평온하게만 보이던 페레이라의 삶은 로씨와 또 다른 반정부인사들과의 교류를 통해서 뿌리째 흔들린다. 로씨의 자유에 대한 열정에 영향을 받은 페레이라는 삶에 대한 새로운 의미를 찾게 되고, 조국의 정치적 상황에 대한 관심을 점차 갖게 된다. 로씨의 청에 못 이겨 스페인 저항운동단체의 일원을 감춰 주기까지 한다. 심지어 비밀경찰에 쫓기는 로씨를 자신의 집에 은신시켜 주기까지 하는데, 독재정권의 하수인들은 로씨를 찾아내어서 페레이라가 보는 가운데 무참하게 때려죽인다. 페레이라는 지인의 도움으로 검열을 피해 죽은 로씨의 추도문을 자신의 문예란에 기고함으로써 독재정권의 범죄행각을 만천하에 폭로하고는 위조여권을 소지한 채 포르투갈을 홀연히 떠난다.

현재 제노바의 대학에서 포르투갈 문학을 강의하고 있는

안토니오 타부키는 이 소설 『페레이라가 설명하기를*Sostiene Pereira*』(1994) 한 편으로 일약 세계적인 유명작가의 반열에 올랐다. 소설의 기조를 이루는 일인칭적 시각과 한 개인의 변화 과정에 대한 묘사기법에서는 포르투갈 작가 페르디난도 페소아*Ferdinando Pessoa*(1888∼1935)의 영향을 쉽게 읽을 수 있다. 더욱이 책이 이태리에서 출간되고 연이어 미디어 재벌 벨루스코니가 네오파시스트들과 연계하여 집권에 성공함에 따라 이 책의 현재성이 더욱 주목받았다.

소설 속의 페레이라가 지리적으로 국가 간의 경계를 넘어 진정 망명에 성공하였는지는 알 수 없다. 다만 글로벌한 시대의 지식인들 역시 경계인으로 안주하기보다는 실천적인 행동의 길을 택한 페레이라의 용기에 친화력을 느낄 성싶다.

토마스 만의 『토니오 크뢰거』

'20세기의 괴테' 토마스 만은 자전적인 단편소설 『토니오 크뢰거』(1903)를 통해서 세기말의 예술과 삶의 데카당스적인 대립항을 지양하고자 한다. 남미 태생의 예술가적 영혼을 지닌 어머니와 올곧은 시민정신을 대변하는 아버지를 부모로 둔 주인공의 태생적인 이중성은 이미 이름에서부터 드러난다. 가장 북구적인 크뢰거라는 성(姓)에 감성적인 남국적인 이름인 토니오의 결합은 이미 예술가 정신과 시민정신의 화해를 알레고리화하고 있다. 감수성이 강한 토니오는 자아에의 침잠으로 인해 타자들과의 관계에서 항시 '모든 질서 정연한 것과 통상적인 것들에서 분리된' 자기 모습에 괴로워하며, 자기 주위의 '금발의 푸른 눈을 가진' 일상적인 시민들을 동경하는 문제적 인물이다. 따라서 토니오의 동경에 가득 찬 남쪽으로의 이주, 그리고 다시금 자신의 본류를 찾아 나서는 덴마크로의 여행, 러시아 태생의 여류 예술가 리자베타와의 우정 어린 대화들로 이루어진 이 단편은 본질적으로 빌헬름 시대의 교양이념에 기반한 교양소설의 구조를 지니고 있다. 토니오의 교양형성의 길의 종착지는 삶과 유리되지 않는 새로운 예술가상의 시화(詩化)일 것이다.

토니오의 세계인식은 데카당스적인 딜레탕티즘에서 출발한다. "내가 인식의 구토라고 부르는 상태가 있지요, 리자베타. 어떤 사물을 통찰하는 것만으로 죽음에 이르는 혐오감을 느끼기에 충분한 상태 말입니다. 전형적인 문사(文士)였던 햄릿의 경우가 그런 경우이지요." 토니오는 마치 햄릿의 경우와 같이 인식은 하지만 행동으로 옮기기에 주저하는 몽환가와 다름이 없으나, 그가 바라보는 세계의 본질은 '골계(滑稽)와 비참함'이다. 따라서 토니오의 눈으로 바라보는 토마스 만의 시선은 줄곧 아이러니한 것이다. 니체와 플로베르에게서 발현된 전형적인 현대의 예술가의 모습은 토니오의 성격의 주요한 단면을 보여주기에 충분하지만, 건전한 시민성과 예술정신의 화해를 지향하는 작가의 아이러니한 시선은 토니오의 방황의 끝을 이미 형식적으로 규정짓고 있다. 리자베타의 입을 빌려 토니오를 '길 잃은 시민'으로 치부하고 있는 것이다. 그러나 토니오 자신은 언어 속의 감정을 배제하고 냉철한 정신의 현현과 '인간적인 것에 대한 시인의 사랑' 사이의 경계선 위를 걷는 '실험적 존재'이고자 한다. '길 잃은 시민' 토니오에게는 인간적인 것에 대한 시민의 사랑만이 자신과 같은 얼뜨기 글쟁이를 진정한 시인으로 만들 수 있다는 믿음이 충만되어 있다.

떠나온 자신의 근원인 북구로의 감행한 여행에서 자각한 것을 적어 보낸 리자베타에게의 그 유명한 편지로써 토니오의 방황은 막을 내린 듯 보인다. "지금까지 한 것은 아무 것도 아닙니다…… 더 나은 것을 할 것입니다……이것은 하나의 약속입니다." 이 약속이 진보적인 휴머니즘에의 길일지 자아도취와 자기기만의 또 다른 표현일지는 작가의 아이러니를 넘어서는 독자의 몫일 것이다.

어빙의 『가아프가 본 세상』

　현존하는 미국 작가 중 가장 대중적인 작가군에 속하는 존 어빙*John Irving*(1942~)의 첫 번째 베스트셀러 『가아프가 본 세상』(1978)은 "우리 모두가 가망 없는 환자들이다."라는 도발적인 문장으로 끝을 맺고 있다. 현대의 작가들이 현실의 총체적인 묘사를 포기하고 현대의 소설들이 더 이상 스토리와 플롯의 절대성에 목을 매고 있지 않는 반면에 존 어빙의 소설들은 여전히 독자들에게 무궁무진한 이야깃거리를 제공한다. 더욱이 그의 소설 속에서는 현대사회의 모순이 단지 익명적인 타자들과의 관계에서뿐 아니라 각자의 일상적인 삶 자체가 바로 모순의 근원이라는 사실을 보여주고자 한다. 주인공 가아프의 눈으로 바라보는 바깥세상에 대한 작가의 서술 방식은 항시 그로테스크하고 비일상적이며

우스꽝스럽기까지 한다. 현대사회를 구성하는 우리들 모두
가 바로 그러하기 때문이기 때문이리라.

뉴햄프셔 태생의 존 어빙은 난독증 때문에 책읽기에 장
애가 있었으나, 어려서부터 몰입하였던 아마추어 레슬링에
서 익힌 인내와 반복, 불굴의 의지를 통해 모든 장애를 이
기고 작가로서 성공할 수 있었다고 술회한 바 있다. 『가아
프가 본 세상』을 비롯하여 어빙의 많은 소설들에서 레슬링
연습장면이 많이 나오는 것은 우연이 아닌 듯싶다. 『가아
프가 본 세상』은 작가 T. S. 가아프와 그의 페미니스트 어
머니 제니 필즈의 삶을 다루고 있다. 간호사 제니 필즈는
남녀 간의 애정행위에 대해서는 혐오하여 결혼 없이 아이
를 갖고자 한다. 그리하여 가아프는 그녀와 제2차 대전에
서 뇌가 손상된 병상의 군인과의 기이한 관계를 통해서 탄
생하게 된다. 제니는 가아프의 교육을 위해 뉴햄프셔의 사
립학교로 직장을 옮기고, 거기에서 가아프는 자신의 레슬링
코치의 딸인 헬렌과 사랑에 빠진다. 작가가 되겠다는 결심
을 굳힌 가아프는 학교를 마치고 보다 넓은 견문을 얻기
위해서 유럽행을 택한다. 여행에서 돌아온 가아프를 기다리
는 것은 어머니 제니 필즈의 베스트셀러 작가로서의 성공
이었다. 제니는 자서전 『섹스의 이단자』를 출간하여 페미
니스트 운동의 지도자로 추앙받고 있었다. 이제 헬렌과 결
혼하여 두 아이의 아버지가 되고 작가로서의 명성도 얻은

가아프는 어머니를 둘러싼 급진 페미니스트들, 특히나 강간 당하고 혀를 잘린 소녀를 기려 스스로 혀를 잘라 버린 급진 페미니스트과의 마찰을 겪고, 부인의 외도를 목도한다. 부인의 외도는 사고로까지 발전하여 한 아이는 죽고, 다른 아이는 눈 하나를 잃게 되어 파경에 이른 가아프의 가정은 셋째 아이의 탄생으로 다시금 화목한 가정이 되어 가고, 헬렌의 아버지의 죽음으로 모교의 레슬링 코치 자리를 가아프가 대신 맡게 된다. 모든 것이 예전처럼 정상이 되고 모두다 일상의 행복에 겨워하는 찰나 급진 페미니스트가 쏜 총탄에 가아프는 레슬링 체육관에서 절명하고 만다. 결국 모두가 가망 없는 환자들이었던 것이다.

핀천의 『중력의 무지개』

포스트모던한 소설쓰기의 살아 있는 전설로 여겨지는 토마스 핀천은 1937년 5월 8일 뉴욕 롱아일랜드의 글렌 코브(Glen Cove)에서 태어났다. 코넬대학에서 공업물리학과 영문학을 전공한 핀천은 1963년 사실상 처녀작인 『브이』를 발표하고, 1973년에 발표한 『중력의 무지개』로 명실상부한 현대미국문학계 중심작가의 반열에 오른다. 특이하게도 핀천은 사람들 앞에 나서기를 좋아하지 않아 여타 인터뷰나 개인적 논평을 하지 않는 작가로 유명하다. 개인적 신상은 물론 심지어 작가의 사진조차 구하기 힘들 정도이다. 세상에 자신을 드러내지 않고 작품 뒤에 숨어 버리는 핀천의 '기이한' 작가정신은 아마도 그의 작품들이 전반적으로 주어진 상황하에서 사건과 사람들에 대한 앎의 추구과정을 마치 탐정소설처럼 써 내려가고 있다는 점과 어느 정도 일맥상통한 것이 아닌가 싶다. 핀천의 작품들에서는 또한 서구문명에 대한 비판의 목소리가 일관되게 들리며, 물리학을 위시한 자연과학적 지식을 통해서 우리의 삶을 조망하려는 시도는 핀천의 글쓰기의 중요한 특질을 이룬다. 그는 오늘날 서구의 몰락뿐만 아니라, 세계의 파멸까지 초래하게 될 주요인을 서구의 제국주의, 이분법적 가치관이나 폭력적인 서열제도, 테크놀로지의 오용, 이데올로기의 대립 등에서 찾았다.

핀천의 기념비적 대작 『중력의 무지개』는 출간하자마자 '내셔널북어워드'를 수상했으며, 심사위원들에 의해 퓰리처상 수상작으로 선정되었으나, 자문위원들의 반대로 탈락되는 불운을 겪기도 하였다. 영화적 기법을 동원하여 묘사되는 이 소설은 수백 명의 등장인물과 여러 줄거리가 서로 얽힌 복잡스런 구조를 지니는데, 주인공인 슬로스롭이 V2 로켓과 자신의 연관성을 추적해 나가는 것이 기본 줄거리를 이룬다. 주인공은 황당하게도 V2의 탄착 지점을 알아내는 기이한 능력을 지니고 있다. 자신에 대한 정보가 철저히 이용당하고 감시당한다는 사실에 분개한 주인공은 근무지를 이탈하여 어떠한 형태의 선택과 제한, 규정지음이 없는 '지대Zone'로 도망치기에 이르고, 자신에게 행해진 과학실험의 실체를 확인한다. 주인공에게는 '이미폴렉스 G'라는 플라스틱성분이 주입되어 있으며, 이것이 또한 로켓의 제조에도 사용되고 있었다. 이로써 자신의 기이한 능력은 현대과학맹신주의와 비인간적 물신주의가 만들어 놓은 인간의 기계화의 결과물임을 깨닫게 된다. 현대의 과학맹신주의는 이제 자연의 파괴를 넘어 인간을 기계화하며, 인간성 자체에 대한 조작을 서슴지 않고 행하고 있는 것이다. 핀천은 자신의 무한한 상상력을 하염없이 발휘하여 여러 에피소드들을 통해서 인간의 육체와 영혼의 관계 역시 마치 로켓과 중력의 관계와 마찬가지로 일종의 기계적 관계로 이해될 수 있다는 점을 시사한다. 그리고 이 과정을 서술하는 문학텍스트 역시 하나의 문학기계로서 항시 새로이 발전하고 진화해야 한다는 것이다.

팔라다의 『소시민 친구, 이젠 별수 없지?』

한스 팔라다(1883~1947)는 『베를린 알렉산더 광장』의 알프레드 되블린과 더불어 독일 바이마르공화국 시기에 가장 널리 알려진 작가이다. 무엇보다 그의 소설들은 제1차 세계대전의 패망이 야기한 경제공황기의 비참한 현실에 아무런 준비 없이 내던져진 소시민의 비애와 애환을 특유의 즉물주의적 필치로 담담하게 그려 내고 있다. 팔라다는 고등학교시절 급우와의 결투에서 본의 아니게 급우를 살해하게 된다. 그 충격으로 자살을 시도하고, 정신병원에 수용된다. 이런 일련의 사건으로 김나지움 졸업을 하지 못한 팔라다는 영농교육을 마치고 영농조합의 견습사원이 되지만, 알코올중독과 마약중독 문제로 다시금 치료소에 격리 수용된다. 이후 농림실습생을 필두로, 경리, 야간경비원, 연설문작성자,

시간제 점원, 출판사 편집인 등 여러 직업을 전전하며 제1차 세계대전의 패전과 경제공황기 궁핍한 사회의 여러 체험을 쌓는다. 한편 이시기 팔라다는 횡령혐의 등으로 두 차례나 복역하기도 한다.

1932년에 출간된 그의 대표작 『소시민 친구, 이젠 별수 없지?』는 경제공황기의 대량 실업사태에 직면한 샐러리맨 피네베르크 가족의 삶을 통해서 후에 나치 집권의 빌미가 되는 당시 독일사회가 지닌 구조적 모순과 사회적 격변기에 취약한 소시민 계층의 고난을 잘 그려 내고 있다. 경리직원 피네베르크는 자신의 딸과 어떻게든 엮어 주고자 하는 사장의 의중에 반하여 여자 친구인 에마와 몰래 결혼한 사실이 발각되어 회사에서 쫓겨난다. 어머니의 도움으로 거처와 어느 매장의 점원자리를 얻게 된 피네베르크 부부는 바라던 아들도 낳고 물질적으로 풍족하지는 않지만 행복한 일상을 누리는 듯싶다. 그러나 어머니가 매춘업을 하는 것을 알게 된 피네베르크는 어머니와 결별하게 되고, 직장에서는 압박이 심하다. 그나마 절친한 직장동료 두 명의 후원과 격려가 삶의 위안이었으나, 그중 한 명은 사기꾼으로 밝혀져 경찰에 체포되어 가고, 다른 한 명은 행실이 문제가 되어 해직된다. 물론 이렇다 할 실적을 올리지 못한 피네베르크 역시 직장에서 밀려난다. 별수 없게 된 피네베르크 가족은 살던 집을 내주고 움막으로 옮겨 가야 했고 아내가 간간히 가져오는 수공업 일감으로 근근이 연명하는 신세로 전락한다. 물론 피네베르크는 언젠가는 다시금 멋진 양복을 입고 다시 출근할 날만을 고대하지만 말이다. 그래도 이 곤궁한 가족을 끝까지 붙잡아 주는 가족 간의 사랑은 눈물겹다. 이 소설은 당대에 이미 전 세계 20개국에 번역되고 독일과 미국에서 두 차례나 영화화되기도 하였다. 거의 한 세기가 흘렀지만 우리 시대를 살아가는 피네베르크들도 '이젠 별수 없지?'라는 질문에 대해 여전히 어떤 뾰족한 대답을 할 수 없기는 매한가지인 듯하다.

오즈의 『나의 미카엘』

이스라엘의 작가 아모스 오즈*Amos Oz*(1939~)의 세계적
인 베스트셀러 『나의 미카엘*Michael Scheli*』(1968)의 첫 장은
다음과 같이 주인공 한나의 회상으로 시작한다.

"내가 이 글을 쓰는 것은 내가 사랑하던 사람들이 죽었
기 때문이다.
내가 이 글을 쓰는 것은 어렸을 때는 내게 사랑하는 힘
이 넘쳤지만
이제는 그 사랑하는 힘이 죽어 가고 있기 때문이다.
나는 죽고 싶지 않다."

이제 갓 30세의 한나는 10년 전에 남편 미카엘 고넨을

만나 사랑을 하고 주변인들의 만류에도 불구하고 결혼을 서둘렀다. 만남의 계기는 예루살렘의 대학에서 히브리 문학을 전공하던 한나가 어느 날 대학 강의실의 계단에서 미끄러지는 것을 4세 연상의 지질학도 미카엘이 부축하게 된 것이다. 한두 번의 일상적인 데이트 끝에 미카엘은 "당신과 결혼할 사람은 아주 강한 사람이어야겠군요."라는 알듯 말 듯 한 말을 흘리고, 이내 청혼을 하게 된다. 한나의 이야기는 연이은 결혼과 임신, 첫 아이의 출산, 수에즈운하 사태로 촉발된 2차 중동전, 남편의 박사학위 취득, 친지들의 사망, 그리고 두 번째 아이의 임신과 남편의 외도에 이르는 서서히 파탄에 접어드는 자신의 결혼생활에 대한 회상처럼 보인다. 삶에 대한 치열함이 내재되어 있지만 어쩐지 항시 따분하고, 이미 결혼의 환상이 저 멀리 떠나가 버린, 언제고 망가질 준비가 되어 있는 어색한 결혼생활의 회상은 외적으로는 국가존립의 위기를 싸워 이겨야 하고 내적으로는 전통적인 유태주의의 틀을 넘어서 새로운 정체성의 추구를 꿈꾸던 신생 이스라엘의 1950년대 사회에 대한 작가의 우려와 염려에 대한 메타포로 읽힌다. 아랍권과 이스라엘권의 두 개의 세계로 분리된 예루살렘의 리얼리티에 대한 암시와 삶의 일상성으로 회귀하지 못하고 '쌍둥이 형제'로 대변되는 어린 시절 아랍친구들에 대한 회상과 이스라엘의 과거와 현재, 유럽의 근세사에 기반한 일종의 섹스판타지로 점철된 한나의 꿈에 대한 이야기는 주변인들에 대한 묘사를 통해서 언뜻 비치는 이스라엘 사회의 한 단면과 묘한 대조를 보인다. 사랑하는 힘이 넘쳐서 주변인들의 만류에도 불구하고 서둘러 거행한 결혼, 그리고 연이은 어색한 결혼 생활, 두 번째 아이의 임신으로 불거진 남편의 외도에 대한 확신, 서서히 죽어 가는 내 주변의 친지들, 이미 어색한 남남이 되어 버린 부부, 그리고 매일 밤 꾸는 환상적인 꿈들. 한나가 여전히 살아 있는 이유는 아마도 계속 꿈을 꾸고 싶고, 그 꿈들만이 한결같기에 그런 듯하다.

"나는 그들을 보냈다.

새벽이면 나에게 돌아올 것이다. 지치고 따뜻해져서 올 것이다. 땀과 거품의 냄새를 풍기면서."

슐링크의 『책 읽어주는 남자』

베를린의 법학교수이자 소설가인 베른하르트 슐링크(1944~)를 하루아침에 세계적인 작가로 만들어 준 그의 소설 『책 읽어주는 남자』는 주인공 미하엘 베르크의 아련한 첫사랑에 대한 회상으로 시작한다. 사랑의 무대는 전쟁의 상처가 채 아물지 않은 50년대 말의 하이델베르크, 그는 15세, 그녀는 36세의 전차 안내원 한나. 우연한 만남은 나이의 차이를 뛰어넘는 대담한 육체적 관계로 발전하고, 미하엘은 그녀를 위해 매번 책을 낭송해 주게 된다. 그녀가 그를 '꼬마'라고 부르는 이 어색한 연인관계는 어느 날 한나가 온다 간다 말도 없이 사라지게 되어 끝을 맺게 된다. 미하엘에게는 그를 멀리서 바라보던 한나의 마지막 모습에 대한 희미한 기억만이 존재할 뿐. "알아볼 수 없는 표정의 얼굴로 나를 쳐다보던, 짧은 반바지와 동여맨 블라우스 차림의 한나."

미하엘이 다시 한나를 보게 된 것은 그로부터 몇 년 후의 일이다. 법학을 전공하는 미하엘은 세미나에서 아우슈비츠 관련 재판을 참관하게 되고 한나는 거기에 피고인석에 앉아 있었다. 아우슈비츠 수용소의 여자교도관이었던 한나는 자신이 글을 읽지 못한다는 사실이 알려질까 봐 자신에게 뒤집어씌워진 모든 죄를 수긍하고 종신형을 언도받게 된다. 한나가 문맹이라는 사실을 간파하고도 미하엘은 한나의 입장에 대한 존중의 차원에서 발설하지 못하고 추후에 죄책감에 시달린다. 이미 망가진 결혼생활, 그럼에도 나름의 직업적 안정을 찾은 미하엘이 한나를 위해 할 수 있는 것은 이제 그녀를 위해서 다시금 책을 읽어 주는 것이다. 그녀가 수감한 지 8년째 되던 해부터 무려 10년간 미하엘은 한나를 위해 녹음한 카세트테이프를 꾸준히 보낸다. 이러기를 4년째에 미하엘은 한나로부터 짧은 편지를 받고는 그녀가 글을 깨우친 것이 뛸 듯이 기뻤으나 한 줄의 답신도 없이 여전히 그녀를 위해 책을 읽어 준다. "한나가 이제 혼자서 글을 읽는 법을 익혔으므로 내가 보내는 카세트테이프가 더 이상 필요 없을 것이라는 우려 따위는 전혀 하지 않았다. 그녀가 이것 이외에도 책을 읽으면 그만이었다. 내가 책을 읽어 주는 것은 그녀에게 이야기하는 그리고 그녀와 이야기하는 내 나름의 방식이었다."

한나는 18년간의 수감생활 끝에 사면을 받아 출감하기로 되었다. 미하엘은 처음으로 한나를 면회 가고 그녀의 출옥을 위한 준비를 하였다. 이제 노파가 되어 버린 옛 애인을 위해 거처와 직장과 사회적응 프로그램들을 수소문하고, 평생 지니고 살았던 그녀에 대한 죄책감을 떨쳐 버릴 수 있는 절호의 기회였으나, 미하엘은 어쩐지 불안하다. 출소 전날 밤의 마지막 통화에서 그녀의 목소리는 여전히 젊다. "다음날 아침 한나는 죽었다. 그녀는 동이 틀 무렵 목을 맸다. 나는 울어서는 안 되었다."

되블린의 『베를린 알렉산더 광장』

알프레드 되블린(1878~1957)의 『베를린 알렉산더 광장』
(1929)은 20세기 초반의 대도시 소설의 전형이 되고 있다.
교과서적인 '내적 독백' 기법으로 쓰인 소설의 첫 부분에서
주인공 프란츠 비버코프는 베를린 근교의 교도소를 나와
전차를 타고 다시금 대도시로 들어간다. 소설의 화자는 주
인공에게 교도소 생활과는 다른 또 다른 형벌이 시작되었
다는 것을 알리기를 주저하지 않는다. 소설이란 '열 조각으
로 단절되더라도 제각각의 절편들이 스스로 움직이는 지렁
이'와 같아야 한다는 자신의 문학관을 표명하듯 이 소설은
여러 가지 에피소드들로 이루어져 있지만 전체적으로는 현
대의 매정한 대도시가 초래한 소시민 비버코프의 박탈당한
희망과 잃어버린 꿈에 대한 이야기를 보여준다. 그는 단지

점잖하게 살고 싶을 뿐이었다. 그러나 삶은 교활하게 그의 앞길을 저해한다. 베를린 시내의 알렉산더 광장 주변의 카페와 주점을 전전하지만 사회에 적응하고 살아가고자 하였으나 여의치 않고 라인홀트의 꾐으로 범죄 집단에 관여하게 되나 빠져나오려다 자동차에서 떠밀려서 팔을 하나 잃고 불구자가 된다. 그러나 다시금 사랑을 가져다준 창녀 미체를 두고 또다시 라인홀트와 대립하게 되는데, 자신이 의도한 바를 얻지 못하자 라인홀트는 미체를 살해하고 만다. 이 살인 사건의 누명을 뒤집어쓴 비버코프는 체포되고 충격으로 정신병원에 수감된다. 결국 라인홀트가 진범으로 잡히고 비버코프는 석방되어 이제는 진정 올바른 삶을 영위하고자 한다. 공장의 수위로 취직한 비버코프는 너무나 비싼 대가를 치르고 다시금 전쟁과도 같은 대도시의 삶 속으로 진입하기에 소설의 화자는 다음과 같이 소설을 끝맺고 있다. "우리는 전쟁 속으로 행진해 들어간다. 수백 명의 악대들과 같이 말이다. 북을 치고 나팔을 불고. 어떤 이는 곧장 들어가고, 어떤 이는 돌아서 가고, 어떤 이는 그냥 서 있고, 또 다른 이들은 쓰러진다. 어떤 이는 계속 나아가고, 다른 이는 잠자코 머물러 있다." 되블린에게 인간의 삶이란 개개인의 의도와 마음가짐에 따라서 하루아침에 달라질 수 있는 것은 아니고 자신의 주변인들과의 관계가 경우에 따라서는 몰락을 자초하기도 하고, 베를린은 마치 몰락 직전의 소동과 같이 상징화되어 나타난다. 수많은 길고 짧은 에피소드들이 소설 속에서는 매번 바뀌는 여러 가지 언어문체들, 즉 베를린 방언, 성경문구, 가요가사, 광고카피, 신문용어, 통계 등 여러 가지 형식 실험을 통해서 다양하게 표현되고 있다. 발터 벤야민에 따르면 되블린의 몽타주 기법과 문체는 비록 조이스와 도스 파소스와 형식적으로 유사하나 다른 목적의식과 선차성을 지닌다.

되블린의 소설은 출간된 시기에 이미 여러 나라 말로 번역되고 영화화 되었을 뿐만 아니라, 그의 문학세계는 이후 귄터 그라스와 아르노 슈미트와 같은 독일 현대 작가들에게 많은 영향을 끼쳤다.

로쓰의 『휴먼 스테인』

루윈스키 사건으로 미국 전역이 들썩이던 1998년 여름, 미국 동부해안의 한 대학에서 고전문학을 강의하던 노교수 콜맨 실크는 인종차별적인 발언을 한 것이 문제가 되어 대학에서 퇴임하게 된다. 출석하지 않는 두 명의 학생을 한 번도 강의실에 얼굴을 내밀지 않는 유령과 같은 존재라는 뜻에서 스푹Spook이라고 지칭하게 되는데, 공교롭게도 이 두 학생은 흑인이었고, 예의 단어는 흑인을 지칭하는 폄아적 의미 또한 지니고 있었기에 콜맨 실크는 인종차별주의자라는 비난을 피할 수 없게 된 것이다. 학장재직 시 야심찬 정책을 수행하여 학내에 수많은 정적을 가지고 있었던 콜맨에게 학내의 분위기는 무척 냉담하였고 마치 마녀사냥식의 비난을 일삼게 되고 이러한 와중에서 충격을 받은 콜맨의 부인 아이리스가 사망하게 된다. 콜맨은 학자로서의 인생과 부인을 앗아간 인종차별주의자라는 비난에 맞서 싸우기 위해서 이웃의 소설가 추커만에게 자신의 이야기를 책으로 써 주기를 요청하지만 거부당한다. 콜맨은 스스로 자신의 이야기를 집필하게 되고 점차 콜맨과 추커만은 친구가 된다. 71세의 콜맨은 또한 학교의 청소부인 34세의 포니아 팔리와 사랑에 빠지게 되는데, 포니아는 월남전 참전용사인 전남편과의 사이에서의 두 아이를 사고로 잃고 두 아이의 유해를 침대 밑에 간직한 채 살아가는 여인네이다. 두 사람의 사랑은 콜맨의 동료들에게 비난의 대상이 되고 포니아의 전남편과의 대립 속에서 두 사람은 사고사하게 된다. 콜맨의 죽음으로 콜맨의 태생에 관한 비밀이 밝혀지는데 유태인이라고 알려졌던 콜맨이 실은 흑인이었다. 자신의 입신양명을 위하여 자신의 태생을 감추고 자신의 가족들과 절연하고 평생을 살았던 것이다. 흑인인 콜맨이 흑인에 대한 인종차별 발언의 희생양이 되는 아이러니, 생존하는 미국 최고의 이야기꾼인 필립 로쓰(1933~)는 이 소설에서 미국 사회에 막강한 위력을 발휘하는 정치적 올바름*political correctness* 의 논리에 대한 비판을 가하고 있다. 소설을 관통하는 아이러니와 씁쓸한 유머, 신랄한 코멘트와 감동적인 장면의 교차를 통해서 로쓰는 콜맨의 감추어진 인생의 진실을 밝혀가고 있다. 실은 콜맨 실크라는 이름에서도 검은 석탄을 의

미하는 콜과 하얀 명주를 의미하는 실크가 결합되어 있듯
이 콜맨의 태생과 감춰진 삶의 진실이 은연중에 드러나 있
다. 이 소설은 로쓰의 20세기 후반부 미국사회 삼부작 중
『미국의 전원』(1997), 『공산주의자인 내 남편』(1998)에 이
어 마지막 편으로 집필된 것이다. 『휴먼 스테인』(The Human
Stain)(2000)은 안쏘니 홉킨스와 니콜 키드먼 주연으로 2002
년 영화화된 바 있다.

맥코트의 『어머니 안젤라의 유해』

　유년기의 추억은 많은 작가들에게 자신의 문학의 출발점이 되기도 한다. 국내외의 많은 작가들은 마치 통과의례를 치르듯이 어린 시절의 기억을 재구성하고 현재의 나를 대변이라도 하듯이 겉늙어 버린 어린 화자를 과거로의 여행으로 떠나보낸다. 프랭크 맥코트(1930~)의 소설 『안젤라의 유해』(1996)에서는 아일랜드의 고향마을 리메릭에서 보낸 비참한 유년기의 기억들이 어머니 안젤라에 대한 오마주로써 이야기된다. 작가는 1930년 가난한 아일랜드계 이민가정의 장남으로서 뉴욕의 브루클린에서 태어났다. 아메리칸 드림의 환상이 경제공황의 여파로 산산이 부서진 것을 경험한 맥코트 가족은 아일랜드로 되돌아간다. 영양실조로 막내를 잃은 맥코트 가족의 비참함은 되돌아간 고향마을 리

메릭의 슬럼가에서도 마찬가지였다. 6명의 아이를 둔 가장
으로서 아버지는 몇 푼 되지 않는 사회보장금을 펍에서 털
어 마시기 일쑤였고, 저녁이면 아이들에게 아일랜드 독립군
가를 부르게 하였다. 시궁창 같은 슬럼가 뒷골목에서 장대
비를 맞으며 길거리를 배회하는 수많은 실업자들 무리 속
에서 제대로 된 일자리를 찾는 것은 불가능한 것처럼 보인
다. 경제공황의 여파는 오랜 영국의 식민지를 거친 신생 공
화국의 취약한 경제기반을 흔들어 놓기 충분했으며, 역사의
아이러니는 일자리를 찾기 위해서는 영국으로 건너가 영국
인들의 지시를 따르는 수밖에 없었다. 맥코트의 아버지는
마지못해 일자리를 찾아 나서나 구겨진 자존심에 잠적한다.
자식들을 먹여 살리는 일은 어머니 안젤라의 몫이었다. 자
식들을 굶기지 않기 위한 어머니 안젤라의 노력은 애절하
다. 마치 짐승에게 모이 주듯 내던져지는 빈민구호단체의
배급과, 이곳저곳 종교단체를 기웃거리며 성직자들이 먹다
남긴 음식 찌꺼기들의 구걸을 통해서 가족은 하루하루 연
명해 간다. 영양실조로 인해 쌍둥이 동생들을 잃어야 했고,
상급학교에 진학할 수 있는 유일한 기회인 교회학교의 입학
은 거절당한다. 모든 가능성이 차단되고 최소한의 생존권마
저 철저하게 봉쇄된 알코올중독과 종교적 비관용이 만연한
계급 사회, 신부와 교사가 여전히 권력의 하수인으로 불평
등과 빈곤을 재생산해 내는 허울뿐인 공화국에서 어린 맥코

트는 탈출을 시도한다. 19세에 맥코트는 미국으로 되돌아갈 수 있었고 대학을 마치고 고교 교사가 되었다. 이 소설은 그가 정년을 마치고 나서야 집필한 처녀작이지만 퓰리처상 (1997)을 수상할 정도로 미국과 유럽에서 커다란 반향을 얻었다. 빈한함 속에서도 유머와 특유의 낙천성을 잃지 않는 소설 속의 이야기는 엘란 파커에 의해서 이미 영화화되었다.

빌덴하인의 『첫사랑 – 독일의 가을』

1977년 가을 독일사회는 요인 납치와 하이재킹, 그리고 이에 대한 보수 언론의 마녀사냥식 여론몰이와 공권력의 무차별한 대응으로 야기된 일련의 비극적인 사건들로 얼룩진 독일 현대사에서 가장 음울한 몇 달을 경험한다. 알프레드 되블린 문학상을 수상한 미하엘 빌덴하인(1958~)의 소설 『첫사랑 – 독일의 가을』(1997)은 소위 '독일의 가을'이라고 불리는 그해 가을 독일 조야가 겪은 집단적 히스테리의 문제를 이제 갓 고등학교를 졸업한 주인공의 첫사랑의 이야기에 실어 담담하게 그려 낸다. 소설은 그해 봄, 여름, 가을, 겨울에 이르는 계절의 변화에 따라 마치 통과의례처럼 누구나 한 번은 경험하는 첫사랑의 뒤엉킨 기억을 재구성한다. 동급생 중 가장 우수한 성적으로 아비투어를 치른 주인공은 여느 김나지움 졸업생들과 마찬가지로 앞으로 자신의 인생에서 무엇을 추구해야 하는가 하는 문제에 직면한다. 그러나 우리의 주인공은 정치적인 문제에는 전혀 관심이 없다. 서서히 잊혀 가는 68운동의 이념 대신에 언젠가부터 독일사회의 정치적 이슈가 되어 버린 폭력과 테러의 정당성 문제, 이에 대응하는 보수언론과 공권력의 무자비성이 독일사회의 여론을 양극화시키고 모두에게 단순히 흑백논리만을 강요하는 정치적 현실에 대해서 주인공이 눈을 뜨게 되는 계기는 두 명의 여인을 만나게 되면서부터이다. 주인공이 처음 사랑을 나눈 17세의 바바라와 좌파 극단주의 그룹에서 활동 중인 10살 연상의 여교사 마농, 이 두 여인을 사랑하는 주인공은 자연스레 그들의 사회적 앙가주망에 관심을 가지게 된다. 주인공의 친구인 쉡 역시 마농을 짝사랑하고 적군파의 이념에 관심을 지닌다. 작가는 주인공과 바바라, 마농, 쉡 사이의 착종된 감정의 실타래를 쫓아서 마치 희미한 첫사랑의 추억처럼 이제는 가물가물한 그해 가을의 이야기를 뱉어 내고 있다. 마치 성인이 되어서 첫사랑의 애잔함을 되돌아보듯이 말이다. 공교롭게 3명의 친구가 모두 그해 가을의 정치적 사건에 밀접하게 연관이 되어 있기에 어쩔 수 없이 우리의 주인공은 그해 잔인했던 가을의 사건들을 체험하게 된다. 어느 누구보다도 비타협적이고 극단적이었던 바바라는 결국 폭력적인 사건에 직접 관련되어 체포되고, 가장 유토피아적인 사고를 추구하던 친구 쉡은 가장 이상적인 정치적 프로그램을 생각하지만 이를 실현할 수 있는 용기와 실천력이 부족하다. 쉡은 자살을 감행한다. 주인공과 쉡에게 사회적 앙가주망을 설파하던 여교사 마농은 결국 교직에서 쫓겨날 것이 두려워 운동을 저버린다.

결국 치열했던 그해 가을이 지나고 겨울이 돌아왔을 때 주인공은 다시 혼자이다. 3가지 상이한 인연으로 대변되는 3가지 상이한 정치적 앙가주망의 길은 주인공에겐 이미 어긋나 버린 인간관계마냥 더 이상 복구 불가능해 보인다.

그라스의 『양철북』

　흑사병의 병마에 가까스로 도망쳐 나온 인간 군상들이
서로의 이야기를 듣는 식의 데카메론의 문학세계처럼 현대
의 이야기꾼 귄터 그라스의 목소리는 위기의 순간에 더욱
더 그 빛을 바라는 듯하다. 많은 한국의 독자들에게는 쉘렌
도르프의 영화화로 친숙한 소설 『양철북』의 내용은 영화
<양철북>의 내용과는 얼마간 차이를 보인다. 소설은 오스
카가 정신병원의 수용자로서 전후의 새로운 사회를 거부하
는 것으로 끝나는 비관적인 종결을 지님에 반하여, 영화에
서는 단지 오스카가 새로운 사회로 향해 떠나는 종결장면
은 왠지 낙관적인 퍼스펙티브를 보여주고 있다. 원작 소설
이 지닌 전반적인 회의의 분위기에 비추어 보면 영화의 이
러한 낙관적 여운은 작가의 의도를 자칫 호도할 위험이 있

다. 소설에서 많은 부분을 차지하는 랑푸어 라베스베크의 소시민사회 에피소드들이 영화에서 표현되지 못하는 점, 즉 소설에서는 줄거리 연관에 있어서 중요한 역할을 하는 빵가게 셔플러 부부, 채소상 그레프 부부, 삼류음악가 마인, 헤르베르트 일가 등이 단지 영화에서는 엑스트라 정도로 취급될 수밖에 없었던 점은 아마도 현대 종합 예술의 결정판이라는 영예를 구가하는 영화 매체 자체가 지닌 장르적 한계에서 그 원인이 찾아질 성싶다.

소설의 주인공으로서 그리고 동시에 소설의 화자로서의 오스카는 한편으로는 자신의 '선천적 총명성'과 '낮은 퍼스펙티브'를 통해 외부 세계에 대한 비판적 관찰을 하지만, 제1부와 제2부에서 나타나는 오스카의 궤적은 그 자신 나치의 이데올로기에 현혹되어 '소시민 계층의 메가폰'임을 자처하고 있고, '북'으로 상징되는 군국주의에 몸을 맡긴 독일 소시민 계층의 화신일 수도 있다. 제3부의 오스카는 이제 정상인의 길을 걷고자 하지만, 결국 정상인으로 성장이 또다시 중단되고 등에 혹이 달린 불구자가 된다. 전후의 서독사회가 진지한 과거청산에 실패함을 암시하는 오스카의 신체적 불구의 모습은 사회적 모순이 개인의 병으로 전이됨을 보여주지만, 그가 다시금 북을 드는 장면은 이제껏 공격성의 상징이었던 군국주의의 북소리가 아니라 과거에 대한 기억을 일깨우고 성찰과 반성을 요구하는 북소리에 갈망의 표현이지 않을까. 더 이상 '총체성'에 대한 요구가 아닌 그라스식의 '디테일 리얼리즘'의 본질은 결국 너무나 빨리 잊히는, 그리고 뭇사람들에게는 너무나 당연해 버리는 현실사회에 대한 문제제기의 북소리에 대한 갈망인 것이다. "한편 나는 북을 계속해서 칠 것이다. 그러나 이젠 기적 같은 건 더 이상 요구하지 않으리라."

레마르크의 『리스본의 밤』

『리스본의 밤』(1962)은 『서부전선 이상 없다』로 유명한 레마르크가 조국을 등진 이후 평생에 걸쳐 집필한 네 편의 망명소설 중에서 세 번째 작품이다. 이 외에도 그의 망명소설 4부작으로는 『네 이웃을 사랑하라』(1941), 『개선문』(1945)과 마지막으로 작가의 사후에 출간된 『낙원의 그늘』(1971)을 들 수 있는데, 이 4편의 소설은 시간적으로 나치가 집권에 성공한 1933년부터 제2차 대전이 발발하고 종전에 이르는 기간을 분절적으로 아우르고 있다.

『리스본의 밤』은 1942년 어느 날 밤 리스본 항구의 어느 바에서 이루어지는 두 낯선 남자의 대화 내용을 중심 이야기로 삼고 있다. 이름이 밝혀지지 않는 주인공 화자는 부인과 나치의 학정을 피해 도피 중이며, 미국행을 결심하고 이곳 리스본 항까지 오게 되었지만 그들에게는 여권도 비자도 없다. 그저 리스본 항의 제방에 서서 항구에 정박한 여객선을 응시하고 있을 뿐인 그에게 어떤 낯선 남자가 말을 걸어온다. 그는 아무런 대가 없이 주인공에게 2장의 미국행 배표와 필요한 증명서를 주겠다고 한다. 낯선 남자는 주인공에게 밤새워 자신이 살아온 역정을 이야기해 준다. 자신은 원래 오스나브뤼크 사람이며 이미 사망한 비엔나 사람 요셉 슈바르츠의 위조 여권을 지니고 있으며, 나치가 집권한 1933년 고향을 도망쳐 망명길에 올랐다고 한다. 위조 여권 덕분에 전쟁이 발발하기 직전인 1939년 이 남자는 죽음을 무릅쓰고 고향에 잠입하는 데 성공하였다는데, 무엇보다도 고향에 두고 온 그토록 사랑하는 여인 헬렌 때문이었다는 것이다. 그는 사랑하는 여인 헬렌을 나치 독일에서 구해 나오는 데 성공하지만, 그녀는 암에 걸려 사망하고 말았고, 따라서 이제 더 이상 필요 없어진 여권과 배표를 주겠다는 것이다. 주인공은 밤새도록 이 낯선 남자의 이야기를 듣고는 여권과 배표를 받아 쥔다. 전쟁이 끝나자 다시금 고향으로 되돌아온 주인공은 타인의 여권으로 표명된 전혀 낯선 이의 정체성 뒤에 본연의 정체성은 잊힌 지 오래인지라 고향 어느 곳도 낯설 뿐이다. 그러나 비엔나 사람 요셉 슈바르츠의 여권은 또다시 다른 망명객에게 새로이 거짓신분을 만들어 주게 되는데, 이번에는 국경을 넘어온 러시아인에게 주인공의 한때 자신의 목숨을 지켜주었던 요셉 슈바르츠의 여권을 넘겨준다. 아마도 계속적으로 반복되어 발생하는 이름 없는 수많은 박해자들과 망명객들 사이에서 반복적으로 이런 식의 요셉 슈바르츠가 탄생할 것이라는 믿음에서랄까.

『리스본의 밤』에서 레마르크는 나치의 위협에서 벗어나려는 망명객들의 실존적 위기 상황에 대한 문제의식뿐 아니라, 위조된 여권으로 대변되는 현대사회가 야기한 개인의 정체성의 부재에 대한 신랄한 메타포를 제시하고 있는 셈이다. 이런 의미에서 보자면 고향에서 추방당하고 실존을 위해서 한사코 주변으로 내몰림 당하는 망명자들의 하염없는 오디세이는 현대사회가 지니고 있는 '선험적 고향상실성'의 또 다른 모습이지 아닐까 한다.

안네 프랑크의 『안네의 일기』

안네라는 애칭으로 더 잘 알려진 아넬리스 마리 프랑크*An-nelies Marie Frank*(1929~1945)의 가족은 히틀러의 집권과 더불어 암스테르담으로 이주하였다. 전쟁이 발발하고 네덜란드가 점령되자 안네의 가족과 친지는 1944년 발각되기까지 나치의 눈을 피해 은신처에 숨어 지내게 된다. 전 세계적으로 2,500만 부 이상 팔린 『안네의 일기Het Achterhuis.Dagboek-brieven 12 Juni 1942~1 Augustus 1944』(1947)는 홀로코스트에 대한 실증적 측면에서뿐만 아니라 점점 다가오는 죽음의 공포와는 너무나 대조적인 유태인 소녀의 사춘기적 감수성의 기록이라는 문학사적 의미도 지닌다.

1944년 8월 4일 안네와 그녀의 가족이 발각되어 강제수용소로 끌려갈 무렵 15세의 안네는 이제껏 적어 오던 일기를 필사하면서 보완하는 수정 작업을 하던 중이었다고 한다. 전쟁이 끝나고 8명의 같이 숨어 지내던 가족과 친지들 중 유일하게 생존한 안네의 아버지 오토 프랑크는 남겨진 안네의 2종의 원고(원본과 필사교정본)를 바탕으로 안네의 일기를 출간하기에 이른다. 1947년에 처음 암스테르담에서 출간되던 당시의 제목은 『숨겨진 뒷집Het Achterhuis』이었다. 이 첫 판본에서는 안네의 아버지는 몇몇 대목을 고의적으로 누락시킨다. 가령 안네가 사춘기적인 성적 호기심을 표현하는 부분이라든지, 아니면 같이 숨어 지내는 다른 가족들에 대한 비난 부분들이 그 대목이었다.

생전 안네의 소원은 언젠가 저널리스트가 되어 자신의 체험을 바탕으로 한 소설을 쓰고자 했다고 한다. 이런 이유에서 일기를 집필했을 것이라는 추측이다. 출간 이후 계속적으로 제기되던 원고의 진위 문제는 1980년 이후 궁극적으로 종결되었으나 항시 내용적으로 완벽한 판본에 대한 관심은 치열했다. 한편으로는 안네의 아버지 오토가 죽기 직전에야 암스테르담의 안네 프랑크 재단에 기증한 5쪽 분량의 미공개 원고에 대한 관심에서 보이듯이 여전히 『안네의 일기』의 불완전성에 대한 논란이 계속되기도 한다.

한편 소위 안네 프랑크 산업이라고 불릴 정도로 많은 인세를 얻고 있는 『안네의 일기』를 둘러싸고 바젤의 안네 프랑크 재단, 암스테르담의 안네 프랑크 하우스를 관리하는 또 다른 안네 프랑크 재단, 그리고 뉴욕에 새로 생긴 안네 프랑크센터 간의 갈등의 골이 무척 깊다고 한다.

다른 한편으로는 안네의 일행을 누가 고자질했을까 하는 수십 년간의 억측과 논란에 대해서 최근에 국내에도 소개된 안네의 전기 집필자는 은신처의 건물 청소부를 지목하기도 했다.

이제껏 나치로부터 유태인을 감춰주고 도피를 도와줬다는 착한 네덜란드인의 이미지는 비록 안네 일행을 고자질한 게 네덜란드 부역자들이라는 새로운 사실에도 불구하고 그리 손상당할 것 같아 보이지 않는다. 여전히 자라나는 세대가 안네의 일기를 새로이 읽게 되고, 그럼으로써 나치에 저항하고, 유태인에게 은신처를 제공하던 정의로운 네덜란드인들에게 전 세계인이 여전히 찬사를 보낼 것이기 때문이다.

V

내안의 너

『배운성이 들려주는 한국이야기』

일찍이 1912년 스톡홀름 올림픽에 독일 조정팀의 일원으로 참가하여 동메달을 획득한 바 있는 노신사 쿠르트 룽에 *Kurt Runge*(1887~1959)는 1950년 6월 극동의 신생국가 한국에서의 전쟁 소식을 접하고 자신의 오랜 친구 한 사람을 떠올렸다. 십수 년간의 우정도 마다하고 마치 그 친구가 들려준 이야기 속의 길 떠나는 노자처럼 홀연히 고향을 향해 길을 떠난 지 십수 년이 지나고도 아직 생사 여부를 알지 못한 그 한국인 친구를 기리며 룽에는 한 권의 책을 엮어낸다(『배운성이 들려주는 한국이야기』, 다름슈타트 1950). 검은색 천 장정에 동양의 고서를 연상시키는 독특한 제본에다 배운성의 목판화를 표지로 한 이 한 권의 책은 서구인들이 자발적으로 한국의 문화를 소개한 몇 안 되는 본보기이다. 그 친구에게서 숱하게 들었던 극동의 작은 나라의 옛이야기를 기억을 되살려 다시금 엮어 내면서 그는 아마도 그 한국친구를 생전에 다시 만날 수 없으리라는 비장함을 책의 후기에 남기고 있다. 룽에가 그토록 애달프게 그리워했던 화가 배운성(裵雲成 1900~1978)은 주인집 아들의 몸종으로 동경을 거쳐 1922년 독일로 유학길에 올랐다. 룽에의 회고에 따르면 본시 '경제공황기의 세계경제를 연구'할 요량으로 유럽에 왔으나 박물관의 그림들에 매료되어 화가의 길로 나선 것으로 되어 있으나, 여러 자료들은 그 당시 서울 장안의 갑부 백민기의 아들 백명곤의 유학을 뒷바라지하기 위해 유럽에 따라왔다가 사정이 여의치 못하여 고국에 돌아가지 못하고 베를린에 머물게 되어 그림공부를 우연히 하게 되었다고 전한다. 주인집 아들 백민기가 발병하여 귀국하였으나, 몸종과 같은 배운성에게는 당시로서는 천문학적인 비용이었을 귀국여비를 부쳐 주지 않아서 하루 아침에 이역만리 베를린에 홀로 남겨져, 오직 살아남기 위해 그림을 그리게 되었다고 한다. 베를린의 문화계 인사들과 교분을 할 정도로까지 성장한 배운성은 꿈에 그리던 고국행을 결심하지만 갑작스런 2차 대전의 발발과 연이은 파리의 함락으로 베를린의 친구들과의 연락이 두절되었다. 룽에의 우려에도 불구하고 2차 대전의 포화를 피해 무사히 고국에 돌아온 배운성은 해방공간에 홍익대 미대와 독문과의 창설에 적극적인 참여를 하였다. 이후 배운성은 월북하여 왕성한 작품활동을 하지만, 유럽의 아뜨리에에 놔두고 온 자신의 작품들을 찾고자 노력하다가 숙청당하였다고 전해진다.

문화적 현상들의 실체는 서로 다른 문화권 사이의 상호교류와 수용발전의 과정이다. 21세기 글로벌한 지구촌의 문화 풍속도는 나를 이해하는 한 방편으로서 타자에 대한 관심을 증대시키고 있다. 배운성을 둘러싼 에피소드는 아마도 우리의 목소리에 대한 지대한 관심을 타자의 언어가 보여준 실례로 길이 작용할 것이다.

이미륵의 『또 다른 사투리』

자전적인 소설 『압록강은 흐른다』에서도 언급되고 있듯이 1919년 기미 독립만세 운동에 학생의 신분으로 참가하고 난 후 일본경찰을 피해 중국을 거쳐 유럽으로 망명길에 오른 이미륵 선생은 수많은 선생의 후배들과는 달리 일찍이 모국어가 아닌 독일어로 문필 활동을 하였다.

어느 해 여름 휴가철 이미륵 선생이 남독일 어느 수도원에 몇 주간 머물게 되었다. 무뚝뚝하지만 마음씨 착한 독일인 수도승들과의 수도원 생활은 타향살이의 외로움과 향수를 달래기에 충분하였고, 오랜만에 자연과 벗 삼으면서 독서와 사색에 잠기기에 적합한 장소였다. 어느 날 여느 때처럼 바깥 외출을 하고 돌아왔는데 문을 열어 주는 수사가 "당신 나라 사람이 왔어요."라고 하더란다. 그때만 해도 유럽에 한국 사람이 거의 없던 시절이라 우리나라 사람이 왔다는 대답에 반신반의하면서도 이미륵 선생은 실로 십수 년 만에 고향 사람을 만날지도 모른다는 설렘에 자신의 방에 가서 기다리는데, 얼마 있자 정말 수도승이 어느 한 사람을 데리고 나타났다. 무척 남루한 복장의 그 동행인은 아무리 봐도 동양인 같지 않은데 그 문지기 수사는 "당신 고향사람이 왔구려, 반가우시겠소." 하면서 이미륵 선생의 대답을 듣기도 전에 나가 버렸다. 그 동행객은 알고 보니 북아프리카의 마로코 사람이었는데, 그때만 해도 프랑스령인지라 프랑스군에 차출되었다가 어찌어찌해서 탈영해서 독일땅까지 도망 와서 이 수도원에 보내진 것이었다. 아마도 평생 수도원에서만 보낸 이 순박한 독일 수도승들은 외국인들을 본 적이 없어서인지 이 마로코인을 보자 마침 머물고 있던 이미륵 선생의 고향사람이라고 단정 지었던 것이다. 그런데 문제는 두 사람이 말이 안 통해 의사소통이 전혀 안 되어 황망하게 아무 말 없이 앉아 있는데, 수도승이 의기양양하게 다시 들어왔다. 고향사람을 만나서 반갑지 않느냐는 그 수도승의 질문에, 그의 호의를 저버릴 수 없어 이미륵 선생이 그렇다고 대답하자, 이번에는 그 수도승이 말하기를, "당신네 고향 말을 한 번 들어 보고 싶으니, 한 번 두 사람이 대화를 해 보시지요." 하더란다. 이런 난감할 수가. 이때 이미륵 선생에게 번뜻 떠오른 생각이 있어, "이 사람이 우리나라 사람이 맞기는 한데, 우리나라 말에는 방언이 무척 심하거든요. 저 사람은 남쪽 끝이 고향이고 나는 북쪽 끝이 고향이라서, 우리 두 사람이 쓰는 방언이 너무 달라서 서로 의사소통을 할 수 없습니다."라고 대답하였다.

1930년대 독일 남부 시골 수도원에서 벌어진 해프닝이다.

세상이 많이 변했고, 아마 더 이상 우리가 마로코 사람들과 혼동되지 않을 것이라고 믿고 싶지만, 우리의 문화적 잠재력에 대한 대외적인 시선은 그리 많이 변한 것 같지 않다.

옐리네크의 『피아노 치는 여인』

매년 10월 두 번째 주 수요일부터 시작되는 프랑크푸르트도서전의 참가자들은 그다음 날의 노벨문학상 수상자 발표에 온갖 촉각을 곤두세운다. 혹시 도서전에 참가 중인 작가 중에 수상자가 나올 가능성도 있을뿐더러 수상작을 출간한 출판사는 단번에 축제분위기에 휩싸인다. 그리고 노벨문학상 수상자 후보들에 대한 다양한 루머와 억측이 나도는 가운데 발표시간이 다가올수록 어느 누구도 수상자를 점치기를 주저한다. 노벨문학상 수상자 발표는 항시 깜짝쇼를 방불케 하기 때문이다. 올해도 예외는 아니었던 것 같다 (이 글은 2004년에 집필되었음 - 편집자 주). 계속적으로 이제 여류 문인이 받을 차례라는 루머가 있었지만 오스트리아의 여류작가 엘프리데 옐리네크(1946~)의 수상은 무척 예외라는 반응이 지배적이었다. 필자에게 옐리네크의 수상 소식을 처음 전해준 독일의 비평가 후버투스 빙켈스 박사는 옐리네크의 문학을 아마도 번역불가능한 페미니스트적 아방가르드문학이라고 칭하면서 그녀를 수상자로 결정한 것은 무척이나 용감한 결정이라고 평가했다.

필자의 견해로는 옐리네크는 사상 처음으로 노벨문학상을 수상한 아방가르드 경향의 작가이다. 또한 그녀의 수상은 증오, 음란성, 그로테스크, 단조로움, 죽음과 같은 부정성의 원칙으로 점철된 문학에도 노벨상이 문호를 개방한 것일까 하는 의구심을 불러일으키기에 충분하다. 그러나 옐리네크의 문학이 평가받는 지점은 무엇보다 현실에 대한 이데올로기 비판적이며 극도의 풍자적인 분석과 상투적인 통속성에 대한 파괴에 있다. 가부장적인 사회질서와 자본주의적 소비지향적 사회가 지닌 모순성에 대한 반발에서 출발한 그녀의 문학적 실천은 90년대 이후에는 무엇보다 오스트리아의 극우 정치인 하이더와 오스트리아 사회의 보수화에 대한 저항으로 나아가게 한다. 이런 점에서 보자면 옐리네크의 노벨문학상 수상 결정은 문학의 사회적 책임감에 대한 스웨덴 한림원의 전통적인 평가 기준을 고수한 셈이다.

체코 태생의 유대인 아버지와 독일인 어머니 사이에서 태어난 옐리네크는 어려서부터 어머니의 손에 이끌려 혹독한 발레와 피아노 교습을 받았다고 하는데 그녀의 대표작 『피

아노 치는 여인』에서는 이러한 자전적 요소가 많이 엿보인
다. 소설의 주인공 에리카 코훗은 자신의 어머니에 의해 피
아니스트로 어려서부터 키워진, 자신의 정체성을 찾지 못하
는 30대 후반의 비엔나 음악아카데미의 피아노 전공교수이
다. 그녀는 심지어 자신의 섹슈얼한 정체성마저도 상실당한
관음증환자이다. 자신의 학생인 발터 클레머러가 그녀의 사
랑을 갈구함에도 에리카는 단지 마조히즘적인 쾌락만을 추
구할 따름이다. 비정상적인 사랑의 행위에 대한 거부감에
못 이겨 그녀를 떠나간 어린 연인을 일견 복수심에서 다른
한편 연민의 감정으로 찾아 나선 에리카는 어린 연인의 쾌
활한 일상성을 바라보며 도리어 자신의 어깨를 칼로 찌르
고는 피를 흘리면서 집으로 돌아간다.

이 소설은 2001년 미하엘 하네케에 의해 영화화되어 많
은 반향을 얻은 바 있다.

디포우의 『로빈슨 크루소』

다니엘 디포우(1660~1731)는 청교도 정육업자의 아들로 태어나 목사수업을 받았다. 그러나 그가 처음 택한 길은 사회적으로 마이너였으며 박해받던 자신의 믿음을 설파하는 목사의 길이 아니라 자신들을 박해하는 왕정을 혁파하려는 시도였다. 처음부터 가망이 없던 싸움에 보기 좋게 패배한 디포는 이제 막 피어오르기 시작한 자본주의적 시장질서의 메인스트림에의 편입을 시도하지만, 도리어 그에겐 파산자의 낙인이 찍힌다. 청교도인 디포우에게 채무는 곧 하느님에 대한 죄의 개념과 동일시되었고, 그 죄과를 씻기 위해서 평생 지칠 줄 모르는 무모한 반항과 투쟁을 계속하게 된다. 그 덕에 디포우는 파산한 기업가로, 쫓기는 언론인으로, 고독한 첩자로, 실패한 정치 선동가로 여전히 마이너의 길을 갈 수밖에 없었다.

　엄청난 빚더미에 앉아 있던 59세의 디포우가 집필한 당대의 컬트 소설 『로빈슨 크루소』(1719)가 없었다면 후대인들은 디포우가 틈틈이 500편이 넘는 글을 쓴 작가라는 사실을 까맣게 잊어버렸을지도 모른다. 『요크의 선원 로빈슨 크루소의 생애와 이상하고 놀라운 모험』은 스코틀랜드의 한 선원의 무인도표류기에 영감을 받아서 집필되었다고 하지만, 파산선고라는 인생항로에서 난파하여 비밀첩자라는 고립무원의 일상사를 영위하면서도 여전히 청교도 특유의 불굴의 노동윤리를 버리지 않았던 디포우 본인의 경험이 많이 반영되어 있다. 로빈슨 크루소는 아버지의 만류를 뿌리치고 일확천금을 꿈꾸며 모험 항해에 나선다. 끝없이 펼쳐진 망망대해는 로빈슨의 무절제와 무계획성을 보여주며, 자신의 삶에 자족하라는 신의 계명을 무시한 것이기도 하다. 홀로 무인도에 표류하여 자신의 오만에 대한 회개의 기도와 일기를 적어 가면서 로빈슨은 창의와 연구 그리고 근면과 노력으로 착실한 무인도 생활을 설계해 나간다. 또한 원주민 프라이데이를 구출하여 충실한 하인으로 삼고, 마지막에는 무인도에 기착한 영국의 반란선을 진압하여 선장을 구출, 28년 2개월 19일간의 무인도생활을 접고 고국에 돌아오게 된다는 로빈슨 크루소의 모험은 18세기 계몽주의 시대의 전형적인 우화로서 자연에 대한 서구 식민주의 문명의 승리를 가장 이상적으로 그려 내는 현대의 신화가 되었다. 전 세계의 어린이들에게 여전히 진취적인 용기, 독립심, 개척정신, 청교도적 금욕주의, 경제적 인간상의 상징으로 별다른 거부감 없이 읽히는『로빈슨 크루소』에는 유럽인의 일방적인 가치관이 내재되어 있는 것은 아닐까. 무인도를 일궈 경작지를 얻어 내고, 원주민을 문명인으로 '교화'시키는 로빈슨 크루소는 전 세계를 떠돌며 식민지를 개척하고 원주민들에게 자신들의 가치체계를 강요하던 유럽인들의 전형이었다. 절해의 고도에 대영제국의 가치체계를 복원하려는 로빈슨 크루소의 시도는 수백 년 동안 그가 오로지 백인이며 기독교인이라는 사실만으로 정당성을 확보할 수 있었던 것이다. 이러한 유럽중심주의가 지닌 타자에 대한 무지와 무관심에 대한 비판의식에서 출발하여 프랑스의 미셸 투르니에는 로빈슨 크루소의 이야기를 로빈슨의 원주민 하인 프라이데이의 시각에서 다시 재구성하기도 하였다.

코엘료의 『연금술사』

연전 프랑크푸르트도서전의 디오게네스 출판사 부스에는 파울로 코엘료의 베스트셀러인 『11분』과 『연금술사』를 홍보하는 대형 브로마이드가 걸려 있었다. 디오게네스판(版) 『연금술사』의 겉표지의 검은색 차도르를 두른 베두인족 여인은 지나가는 이들에게 고혹적인 눈빛을 선사하고 있었다. 당시 한국의 프랑크푸르트도서전 주빈국 유치를 위해 여러 지인들의 조언을 구하던 필자에게 그 여인의 검은 눈동자는 알 수 없는 어떤 묵언의 계시처럼 여겨졌었다. 마치 소설 속의 주인공 산티아고가

'자아의 신화'를 실현하기 위한 오디세이에서 매번 탈출구를 지시하던 '표지'처럼 말이다.

넓은 세상을 둘러보기 위해 사제수업을 포기하고 양치기가 된 산티아고가 자신의 꿈에 나타난 보물을 찾아 사막을 지나 이집트의 피라미드에까지 여행하는 과정에서 겪게 되는 우화적인 이야기가 『연금술사』의 기본 줄거리를 이룬다. 우여곡절 끝에 도달한 피라미드에서 산티아고가 깨달은 것은 꿈에 본 보물은 바로 고향의 교회 앞 사과나무 아래 묻혀 있다는 사실이다. 마치 동화 '파랑새'를 연상하게 하는 대목이다. 안달루시아의 시골 양치기 소년이 자신의 꿈을 좇아 세상 속으로 나아가 여러 모험과 만남을 통해서 자아를 찾아가는 과정은 교양소설의 틀을 지니고 있다. 한때 히피주의자였던 코엘료가 이 소설에서는 기독교와 이슬람의 종교적 금언들을 비유적으로 사용하고 있는 점도 서구 문학사 전통에서 보건대 그리 새로울 게 없다. 하지만 『연금술사』는 1987년 처음 포르투갈어판이 나온 이래로 전 세계 50여 개 언어로 번역되어 150여 개국에서 수많은 독자들에게 애독되고 있다. 복잡하지 않은 이야기 전개, 단순하지만 적실한 비유, 그럼에도 반복적으로 제시되는 간결한 메시지가 이 소설의 성공요인으로 평가될 만하다. 우리 모두 자신의 꿈을 간절히 원하면 이룰 수 있고, 우리가 이루고자 하는 삶의 목표는 결국 한 걸음 한 걸음 내딛는 삶의 노정 위에 놓여 있다는 단순한 진리는 코엘료의 상징적인 언어와 함께 전 세계 독자의 마음을 사로잡기에 충분하였다. 코엘료의 글쓰기의 특성은 단순하고 동화적인 비유의 언어이다. 묘사의 언어라기보다는 독자의 잠재의식 속에 묻혀 있는 자신만의 보물을 찾아나설 수 있는 용기를 불러일으키게 하는 상호 텍스트적인 알레고리의 언어이다. 그러나 비유와 우화들 사이에 간간히 엿보이는 간략하지만 명료한 작가의 상황묘사들은 코엘료의 글쓰기가 단지 언어형식의 연금술만이 아니라는 점을 여실히 보여준다. 머나먼 길을 되돌아와서 결국 고향마을에서 보물을 찾은 주인공은 사막에 두고 온 사랑하는 파티마를 찾아 다시금 머나먼 모험의 길을 떠날 것을 암시하며 소설은 끝을 맺는다. "아무리 먼 길을 걸어왔다 해도, 절대로 쉬어서는 안 되네."라는 연금술사의 충고는 우리가 아직 '가야만 하고 갈 수 있는 길'이 존재함을 의미하는 것은 아닐까. 이로써 『연금술사』는 현대인의 영혼의 서사시가 되었다.

아이트마토프의 『자밀라』

칭기스 아이트마토프의 초기작품 『자밀라』(1958)는 과거 소비에트권 문학 중 서방세계에서 가장 많이 읽힌 작품이다. 이 소설은 1958년 처음 발간되자마자 당시 국내외의 극찬과 수많은 문학상을 휩쓸었는데 특히 1959년 불어로 번역한 루이 아라공은 번역본의 서문에서 이 소설을 '세계 역사상 가장 아름다운 사랑 이야기'라고 평가한 바 있다. 아이트마토프는 당시 소련에 속해 있던 중앙아시아 키르기스스탄의 셰케르에서 1928년 출생하였다. 일찍이 스탈린의 대숙청으로 아버지를 잃고 장남으로 가족의 생계를 책임져야 했던 아이트마토프는 고향의 농업학교를 마치고 축산기사로 일하면서 글쓰기에 남다른 관심을 갖게 된다. 아이트마토프는 1951년부터는 기자생활을 하기도 하는데, 이후 재능을 인정받아 모스크바의 고르끼 문학연구소에서 본격적인 문학수업을 받을 기회를 얻게 되고, 작가 동맹에도 가입하게 된다. 『자밀라』는 고르끼 문학연구소의 졸업작품으로 발표되었는데, 아이트마토프 문학세계의 특징인 고향 키르기스스탄의 목가적인 전통과 비가적 정조를 인류사적 보편성으로 승화시키려는 시도가 스탈린 사후 팽배한 이제껏의 교조주의적인 사회주의 리얼리즘에 대한 거부감과 맞물려 의외의 성공을 이룬다. 『자밀라』 이외에 『안녕, 귈사리』, 『백년보다 긴 하루』, 『카산드라의 낙인』 등의 작품은 여전히 세계적인 독자층을 가지고 있다.

　『자밀라』는 제2차 세계대전이 한창일 무렵 젊은 남자들은 모두 독일군과의 전선으로 징집되어 나가고 아녀자와 노인네들만 남아 있는 북동부 키르기스스탄의 어느 시골 마을이 배경이 된다. 이야기 속의 화자인 15세 소년 사이드는 어린 형수 자밀라와 귀향군인 다니야르 사이의 사랑을 어렴풋이 그려 나간다. 사랑보다는 관습에 의해 결혼한 남편 사득이 군에 나가 있는 동안 여리지만 생활력 강한 자밀라는 전장에서 부상당한 채 되돌아온 귀향군인 다니야르에게서 사랑의 감정을 발견한다. 이제 막 사랑의 감정을 어렴풋이 알아가는 사춘기 소년 사이드의 눈에 의해서 묘사되는 두 사람의 애정행각, 그리고 전통적인 인습에 반항하여 사랑을 위한 도피를 감행하는 자밀라의 자아 찾기 과정이 너무나도 낯선 중앙아시아의 풍광과 관습에 대한 묘사와 어우러져 아이트마토프 특유의 서정적인 문체를 이룬다. 단지 어린 사이드만이 이 두 사람의 사랑을 이해할 뿐이며, 말로는 형용할 수 없는 이 두 사람의 사랑의 감정을 그림으로만 그려 낼 수 있음을 깨닫는다. 두 사람이 마을을 떠나던 날 사이드는 한 점의 그림을 완성한다. 이후 그림 공부를 위해 마을을 떠나게 된 사이드는 비로소 깨닫는다. 자신이 자밀라에게 품고 있었던 마음이 바로 사랑이었다는 것을. 사이드는 이렇게 외친다. "내가 그리는 모든 그림들에 자밀라의 심장이 박동치기를!"

안드리치의 『드리나강(江)의 다리』

"슬픔보다 더한 진실이 있으랴, 고통보다 더한 현실이 있
으랴." 조국의 독립을 도모하다 체포되어 적들의 감옥을 전
전하던 청년 이보 안드리치(1892~1975)에게는 외세에 강점
당한 조국 보스니아의 슬픈 현실이 그 무엇보다도 뼈에 사
무치는 고통으로 다가왔었던 것 같다. 훗날 자신의 조국에
노벨문학상 수상의 영예를 누리게 함으로써 청년시절 총칼
로 이루려 했던 것보다도 훨씬 많은 것을 고국에 안겨 주
게 되는 안드리치에게 창작작업은 현실세계의 폭압적인 외
세에 항거하는 인간내면의 게릴라 전쟁이었으며, 그의 주옥
같은 소설들은 흐트러진 역사를 바로 세우고, 배타적인 민
족들을 화해와 공생으로 이끄는 이정표가 되었다.

작금의 유고연방의 해체와 연이은 인종 갈등으로 다시금

세계 여론의 관심이 집중되고 있는 보스니아는 유럽 대륙의 가장 변방이며 이슬람 문화와의 접경에 위치하고 있다. 안드리치가 출생할 무렵 보스니아 사회는 회교, 가톨릭, 그리스 정교, 유대교 등 다양한 문화가 혼재된 상호 이해와 관용의 정신에 기반하고 있었지만, 오랜 오스만 터키의 지배에 이어 오스트리아 – 헝가리 이중왕국의 일부로 남아 있었다. 보스니아 민족정신의 자각과 독립에의 열망은 사라예보에서의 오스트리아 황태자 암살과 연이은 제1차 세계대전의 발발로 이어졌으며, 종전 후 보스니아는 세르비아, 크로아티아 등과 함께 독립을 이루게 되는데 이는 제2차 대전 후 수립되는 유고슬라비아 연방의 모체가 된다. 직업 외교관 생활을 하던 안드리치는 독일의 베오그라드 공습과 침공으로 인해 가택연금 상태에 처해지는데 이 시기에 보스니아 3부작으로 불리는 『드리나강(江)의 다리』, 『트라브니크 연대기』, 『아가씨』 등을 집필하게 된다.

소설 『드리나강의 다리』는 장장 4세기에 걸쳐 보스니아의 비셰그라드를 관통하는 드리나 강 위에 놓여 있던 다리를 둘러싼 운명의 대서사시이다. 처음 1516년에 만들어져서 수많은 전란과 격변에도 불구하고 묵묵하게 제자리를 지키며 기독교 문명과 이슬람 문명의 간극을 이어 주고 흩어져 있던 사람들이 서로 다시 모이고 화합할 수 있게 해 주던 이 다리는 제1차 세계대전의 발발과 함께 폭발된다.

안드리치에게 다리란 대립되고 분열되어 있는 것들을 다시금 이어 주고 화합하는 계기를 마련해 주는 시대 초월적인 과묵하고 믿음직한 존재이며, 드리나 강의 다리는 오스만 터키의 압제와 오스트리아 - 헝가리 이중왕국의 강점에도 꿋꿋하게 인간 본연의 존엄성과 민족적 동질성을 잃지 않은 보스니아인들의 표상인 것이다. 이 소설에서 작가는 이 다리를 둘러싼 수많은 에피소드와 사건들을 마치 이 모든 것을 목도한 해박한 노인네의 회고담을 듣는 듯한 착각이 들 정도로 담담하게 그려 내고 있다. '슬픔보다 더한 진실, 고통보다 더한 현실'을 극복하고자 했던 애국 청년 안드리치의 열망은 시·공간의 모든 간극과 모순을 서로 이어 주는 고결한 영혼의 매듭을 엮어 낸 것이다.

해럴드 핀터의 노벨문학상 수상에 부쳐

우리 국민은 올해의 노벨문학상 수상자 발표에 유래 없는 관심과 기대감을 표명했던 것 같다(이 글은 2005년에 쓰임 - 편집 주). 통상적으로 매년 10월 두 번째 주의 목요일에 공표되던 수상자 발표가 한 주 미루어지는 상황이 발생하자 국내 언론 매체들의 혹시나 하는 기대감은 더욱더 고조되었던 것 같다. 수상자 발표가 있던 날에는 공영방송들이 이례적으로 스웨덴 한림원의 발표를 실황 중계하기까지 하였다. 노벨상은 원칙적으로 국적, 인종, 종교, 이념에 상관없이 모든 사람들에게 개방되어 있다지만, 혹자들은 스웨덴 한림원의 선정이 너무나 서구인의 시각에만 근거하고 있고, 스웨덴 한림원의 판단 기준이 너무 일방적이지 않은 것은 아닌가 하는 의구심을 품기도 한다. 무엇보다도 20세기 세계 문학사에 커다란 족적을 남긴 모더니스트 계열의 작가들, 가령 프루스트나 조이스 같은 작가에게는 노벨문학상이 너무나 먼 이야기였다. 스웨덴 한림원의 18명의 회원들이 노벨문학상 수상자를 결정하는 과정은 여전히 많은 미스터리로 남아 있다. 몇몇 회원들은 대중에는 잘 알려지지 않았지만 나름의 가치를 지니는 작가군을 선호하여 가령 2000년의 가오 싱젠, 2002년의 임레 케르테스의 수상에 지대한 영향을 끼친 것으로 알려지고 있다. 또한 작가의 정치적 경향성이 중요시되고 있다고 주장된다. 1997년 수상한 이태리의 다리오 포, 1998년 포르투갈의 주제 사라마구, 1999년 독일의 귄터 그라스, 작년 오스트리아의 엘프리데 옐리네크의 경우는 모두 진보적 세계관을 대변하는 작가군에 속한다. 이런 관점에서 보자면 올해의 수상자인 해럴드 핀터의 경우도 예외는 아닐 듯싶다. 노벨이 유언에 남긴 '가장 이상적인 경향의 작가와 작품'이라는 기준은 아직껏 문학의 사회적 역할에 대한 능동적인 해석을 낳고 있는 것이 아닌가 싶다. 매번 수상자 발표일이 다가오면 세계의 언론은 수상이 유력한 일련의 작가들을 주시하게 되는데, 필립 로스, 토마스 핀천, 알바니아의 이스마엘 카다, 밀란 쿤데라, 네덜란드의 세스 노테봄 등이 유럽의 언론이 점치는 만년 수상후보들이다. 우리의 언론은 수년 전부터 고은 시인을 위시한 우리 문인의 수상을 고대하고 있다. 우리 작가들의 아름다운 영혼의 글쓰기가 문화적 이질성의 간극과 문체적 번역의 한계를 뛰어넘어 세계 독자들의 심금을 울리는 그날이 빨리 오기를 고대해 본다.

올해 핀터의 경우 그의 드라마는 일상적인 수다 속에서 현대인의 낭떠러지에 몰린 위기 상황을 제시하고, 우리를 짓누르는 밀폐된 억압의 공간을 쳐부수고 들어간다는 짤막한 선정이유는, 비록 노벨문학상 수상이 우리 시대 작가의 문학성에 대한 평가에 있어서 절대적인 척도가 되지는 못할지언정 우리의 문학이 어떤 지향점을 향하고 어떠한 기능성을 견지해야 하는지에 대한 본보기적 역할은 충분히 하고 있다.

깁슨의 『뉴로맨서』

매체의 발전은 동시대인들의 감수성의 변화를 촉진시킨다. 지난 수년간에 걸친 급속도의 컴퓨터의 발전과 인터넷의 발전에 따른 사회적·문화적 변화는 우리의 인지능력의 전제조건들까지 바꿔놓았다. 윌리엄 깁슨의 SF소설 『뉴로맨서』(1984)는 그 출간과 동시에 문화의 영역에까지 침투한 컴퓨터적 가상현실의 문제를 최초로 다룬 고전이 되었으며, 무엇보다도 그가 묘사한 미래의 세계는 20년이 지난 지금 많은 부분 설득력 있게 현실로 다가온다. 중고타자기로 쓰인 당대 가장 하이테크적인 상상력의 기록인 윌리엄 깁슨의 뉴로맨서 3부작(『뉴로맨서』, 『카운트 제로』(1986), 『모나리자 드라이브』(1988))에서는 컴퓨터와 통신의 결합을 통한 인터넷의 버츄얼한 세계에 대한 예견뿐 아니라 우리가 일상적으로 사용하고 있는 '사이버스페이스'라는 신조어를 만들어 낸 것으로도 유명하다. 사이버스페이스를 자유자재로 넘나들던 주인공 케이스는 어찌하여 신경계를 손상당하고 그 치료를 위해서 치바시에 머물고 있다. 미세한 신경계의 훼손을 통해서 그는 더 이상 사이버스페이스로 들어갈 수 없게 되었는데 육체적 현실을 초월하는 버츄얼한 세계인 사이버스페이스를 더 이상 들어갈 수 없는 케이스의 멜랑콜리가 이 SF소설의 전반부를 나름대로 진지하게 만드는 기제랄까.

"(……) 엘리트답게 처신한다는 것은 육체를 은근히 무시할 줄 안다는 뜻이었다. 육체란 그저 고깃덩어리에 불과했다. 그랬는데……케이스가 바로 그 육체라는 감옥에 처박힌 것이다." 핵전쟁 후 대기업군들이 지배하는 음울한 지구의 모습, 고도의 통제된 현실사회의 이면에는 인공지능에 의해 지배되는 또 다른 세계가 펼쳐 있고, 이러한 어둠의 세계의 중심에는 두 대의 인공지능이 놓여 있다. 인공지능 1호기(인터뮤트)는 공간적으로 떨어져 있는 두 번째 인공지능 '뉴로맨서'와의 상호 교류에 대한 열망에서 주인공 케이스를 그러한 임무의 적임자로 선택한다. 케이스의 손상된 신경계를 치료해 주면서 혈관 속에 독주머니를 넣어 그를 통제하며 '뉴로맨서'를 찾는 모험의 길로 케이스를 내몰아간다는 이야기는 마치 한편의 인디아나 존스 영화에서와 같은 박진감을 보여주기도 하고, 이러저러한 잡다한 묘사와 탐정소설적인 미로 찾기 게임을 보는 듯하다. 『뉴로맨서』는 사이버스페이스의 이미지를 처음으로 전달했을 뿐 아니라 수많은 문화적 파장을 낳았으며, 사이버펑크라는 신조어 또한 뉴로맨서의 수용사에서 심심찮게 이야기된다. 특히 영화 <매트릭스>의 구상에 지대한 영향을 끼쳤다고 이야기되는데, 그럼에도 궁극적으로 수많은 SF소설이 그러하듯이 『뉴로맨서』에서도 미래라는 열린 공간에 투영된 현실의 자화상이라 할 수 있다.

버지스의 『시계태엽 오렌지』

스탠리 큐브릭 감독의 영화로 더 유명한 앤서니 버지스 *Anthony Burgess*(1917~1993)의 소설 『시계태엽 오렌지*A Clockwork Orange*』(1962)의 구성은 주인공 알렉스의 비행, 교도소 생활, 출감 이후의 3부분으로 이루어져 있는데 각 부의 첫마디는 항시 "이제 어떻게 될까, 응?"이라는 주인공 알렉스의 장난기 어린 질문으로 시작하고 있다. 자신이 하는 행동의 결과에 대해서는 그리 생각하지 않고 그저 매번 저지르기만 하는 비행 청소년 알렉스의 극단적인 폭력성에 투영되어 있는 인간의 본성은 아마도 무지한 호기심이라는 것일까? 버지스의 소설은 제목이 말해주고 있듯이 외부의 힘에 의해 감긴 태엽이 풀려 나가는 동안만 움직일 수 있는 자유의지가 박탈된 인간상에 대한 비판이며 인간의 자유의지를 바라보는 버지스의 시선은 무척 냉소적이기까지 하다. 폭력적인 환경에서 자라나고 무비판적으로 그러한 사회적 폭력성의 일부로서 작용하는 16세의 주인공 알렉스는 환락과 성(性), 물질적 욕망의 본성에 충실하게 폭행, 강도, 마약, 강간 등을 서슴지 않고 자행한다. 급기야 살인을 저지르고 14년 형을 언도받고 교도소에 수감된 알렉스는 교도소 생활을 빨리 벗어나고 싶은 요량으로 국가에서 시험적으로 시도하는 새로운 교정 방법에 자원하게 된다. 루도비코 요법이라고 이름 붙여진 이 실험은 일종의 조건 반사적인 세뇌훈련을 통해서 인간의 폭력성을 억제하는 강력한 거부반응들을 알렉스의 몸에 각인시켜 놓는다. 짧은 시간 내에 범죄자들을 '개조'하여 교도소에서 방출시키고 남는 공간에 사상범들을 수용하려는 루도비코 프로젝트는 인간의 자유의사와는 무관한 국가 권력의 인간의 의식영역에 대한 지배기제에 다름 아니다. 즉 알렉스 개인의 자기반성과 교화의 노력과는 무관하게 그저 마치 감긴 시계태엽처럼 외부의 공권력에 의해 주입되고 프로그램된 것일 뿐이다. 출감한 알렉스는 부모에게 버림받고 과거 함께 비행을 일삼던 일파들에게 린치를 당하게 되고, 지난 자신의 범죄 행각의 희생자였던 어느 작가의 도움을 받게 되지만 결국 다시금 정치적으로 이용당하는 처지에 빠지고 자살을 시도하기에 이른다. 여론의 공격을 받은 정부는 알렉스의 상태를 다시금 원상태로 되돌려 놓기에 이른다. 그럼에도 알렉스는 더 이상 "이제 어떻게 될까?"라고 되묻지 않는다. 알렉스는 스스로의 힘으로 폭력성을 벗어난 것이다. 소설의 결미에는 이제 19세가 되었고, 다시금 무절제한 폭력성에 물든 말투를 되찾은 알렉스가 그 사이에 무엇인가 깨달은 바를 읊조리고 있다. "이 이야기를 끝내는 지금 난 더 이상 어리지 않아. 알렉스는 어른이 되었단 말이야. 그렇고말고. 그리고 내가 지금 가는 곳은, 여러분. 여러분은 갈 수 없는 나 혼자만의 길이야. (……) 그러나 여러분은 가끔씩 과거의 알렉스를 기억하라고. 아멘. 염병할."

엣우드의 『핸드메이즈 테일』

캐나다 태생의 여류작가 마가레트 엣우드*Margaret Atwood*-
(1939~)의 작품에서는 주로 억압적인 사회적 구조하에서의
개인의 문제가 페미니즘적 시각에서 다루어진다. 남성지배
적이고 여성비하적인 사회 속에서 자신의 정체성을 위해서
투쟁하는 여성주인공의 이야기는 엣우드의 문학 속에서 일
관되게 등장하는 중심 테마이다.

토론토 대학과 하버드에서 문학을 공부하고 미국과 유럽
의 여러 대학에서 강의를 하기도 했던 엣우드는 소설과 시
쓰기를 계속하는 대가로 문학비평에서 카투니스트에 이르
는 다양한 직업을 전전하여야 했다. 작가로서의 엣우드를
세상에 널리 알리는 계기가 된 『헨드메이즈 테일*The Hand-
maid's Tale*』(1985)은 억압적인 전체주의적 국가체제에 의해

자행된 여성억압기제들에 대해 담담하게 보고하는 한 여인의 이야기에 기반하고 있다. 언젠가 미국은 혁명이 발발하여 헌법은 철폐되고 기독교원리주의적인 국가종교를 제외한 모든 종교는 금지된 계엄령에 근거한 질리드Gilead 공화국이라는 이름의 전체주의적인 신정국가가 되어 있다. 핵전쟁인지 아니면 그 어떤 재앙에 의해서인지 대다수 주민은 불임이 되어 있고, 이 음울한 디스토피아에서는 여성은 모든 권리를 포기당한 채 철저하게 사회적 공동자산으로 관리되어 있으며 그 기능에 맞춰 카스트적인 위계로 등급 지어져 있으며 상응하는 드레스코드도 존재한다. 질리드의 모든 여성들은 공식적으로는 7등급으로 나뉘어 있으며 스스로 자신의 권리를 주장할 수도 없을뿐더러 어떠한 자율적인 결정이나 심지어 화장과 독서마저 금지되어 있고 이러한 사회적 규범에 거부하거나 역할에 부적합하다고 판단되면 언제고 소위 '식민지'로 추방되어 위험한 방사능 물질을 다루는 일에 내몰린다. 여성의 등급 중 핸드메이즈의 사회적 역할은 애를 갖지 못하는 상류층을 위한 씨받이 역할이다. 이 소설의 화자인 오브프레드Offred는 이름에서 보이듯이 (of Fred) 프레드의 소유물로서 아이가 없는 프레드 부부를 위해 '봉사'하는 처지이나 우연히 처한 상황을 탈출할 수 있었고 자신의 이야기를 구술하고 있다. 엣우드의 이 소설에서는 무엇보다도 창세기의 라헬과 레아의 일화와 같은 성경적 모티브뿐만 아니라 점차적으로 여성운동에 대한 보수적인 의견이 강해지고 종교적으로는 근본원리주의 운동이 점차 목소리를 높여 가던 80년대 미국의 사회현실에 대한 비판적 견해가 암시적으로 드러나 있다. 소설 속의 오브프레드의 회고에 따르자면 이러한 기독교원리주의가 미국의 사회를 점차 신정주의적 파시즘에 이르게 한다는 것이다.

탈인간화된 전체주의 사회와 함께 도래한 여성에 대한 억압이라는 디스토피아적 상황에 대한 엣우드의 문제의식은 볼커 슐렌도르프에 의해서 영화화되기도 했다.

얀 마텔의 『파이 이야기』

얀 마텔Yann Martel(1963~)이라는 작가의 이름을 처음 들은 것은 2000년대 초반 유럽의 어느 대학 비교문학부의 수업 계획서에서였다. 다른 일 때문에 그 도시에 잠시 갔다가 은사님을 만나러 가는 길에 나는 얀 마텔이라는 이름을 보게 되는데 처음 들은 이름은 그리 잘 기억하지 못하는 나로서는 그의 이름을 이제껏 기억한다는 게 신기하다. 지금은 옮겨갔다고 하지만 페터 손디와 아도르노가 여름이면 바비큐 파티를 했다던 차분한 중산층의 저택 빌라를 독립적인 학과 건물로 사용하였는데 현관에는 학창 시절처럼 여러 저러 강연회와 수업 계획서가 붙어 있었다. 유태인 기부자의 이름이 붙여진 한 학기 단위로 이루어진 세계 저명 작가 초청 강의에 당시로서는 낯선 그의 이름이 있었고, 그의 강의 주제 역시 너무나 낯설게만 다가왔다. '서구문학에 나타난 동물들'이라는 주제의 강의가 진행되었던 것으로 기억된다. 더구나 그는 당시 아직 채 사십 세가 되지 않았었다. 얀 마텔이 누구지? 그가 세계적으로 저명한 작가라도 된다는 말이야? 그가 이런 특별 강의를 진행할 정도로 저명하단 말인가? 이러한 나의 의구심은 그가 곧 발표한『파이 이야기』(원래 제목은 파이의 삶*Life of Pi*이다)(2001)를 읽으면서 마치 눈 녹듯이 하루아침에 사라졌다.

얀 마텔은 깊이 1미터 남짓, 폭 2.4미터, 길이 8미터의 구명보트에 벵갈 산 수호랑이 한 마리와 함께 조난당해서 무려 227일간 바다를 떠도는 파이라는 소년의 표류기를 인터넷 시대의 오디세이와 로빈슨 크루소 이야기로 탈바꿈시키는 데 성공한 것이다. 얼룩말과 오랑우탄을 잡아먹는 하이에나, 그리고 그 하이에나를 잡아먹은 벵갈 산 호랑이를 마주 대하면서 언제 끝날지 모르는 기나긴 조난의 항해에서 반드시 살아서 뭍으로 되돌아가겠다는 소년 파이의 열정은 오디세우스의 귀향에 대한 열망에 비견할 만할 것이다. 그리고 마치 오디세우스와 마찬가지로 여러 가지 꾀를 생각해 내고 앞으로 일어날 일들에 대해서 나름의 계획을 세운다. 그는 망망대해에서 나뭇잎 같은 조각배에 한 마리의 야생 호랑이와 함께를 탔다는 사실을 받아들이고 자신의 동물들에 대한 지식에 기대여 호랑이를 길들이는 계획을 세운다. 사이렌의 노래에 밀랍으로 귀를 틀어막아서 대처해 나간 오디세우스와 같이 파이는 바다라고 하는 보다 거대한 자연의 위력에 굴하지 않고 배 안의 호랑이의 발톱을 기지와 용기로써 피해 갈 수 있었다. 정신을 가다듬은 소년 파이가 구명보트에 비치된 장비들을 '점검'하는 것이나 호랑이 '리차드 파커'를 길들이고 그 호랑이의 존재에 비춰 자신의 삶의 의지를 불태우는 장면은 마치 로빈슨 크루소를 연상하게 한다. 그럼에도 소설의 에필로그에서 보이는 이야기들은 파이와 호랑이는 우리 내면의 대립적인 두 자아에 대한 메타포가 아닐까 하는 의구심이 들게 만든다.

김영룡 ─────────

▌약력

서울대학교, 독일 마르부르크 대학교 및 베를린 자유대학교(Ph.D.)
서울대·한양대·광운대 등 강의, 상지대학교 연구교수

▌저서

『세계의 서사가능성』
『진리요구와 삶의 서사적 의미성』
『서사의 권위와 진정성』
『내안의 너』

사이렌의 침묵

초판인쇄 | 2009년 2월 25일
초판발행 | 2009년 2월 25일

지은이 | 김영룡
펴낸이 | 채종준
펴낸곳 | 한국학술정보㈜
주 소 | 경기도 파주시 교하읍 문발리 513-5 파주출판문화정보산업단지
전 화 | 031) 908-3181(대표)
팩 스 | 031) 908-3189
홈페이지 | http://www.kstudy.com
E-mail | 출판사업부 publish@kstudy.com

등 록 | 22,000원
가 격 |

ISBN   978-89-534-1235-4 03800 (Paper Book)
        978-89-534-1236-1 08800 (e-Book)

이담 ～～ 는 한국학술정보(주)의 지식실용서 브랜드입니다.